VOCÊ SABE ONDE ME ENCONTRAR

RACHEL COHN
VOCÊ SABE ONDE ME ENCONTRAR

Tradução:
Santiago Nazarian

1ª edição

RIO DE JANEIRO
2019

CIP-BRASIL. CATALOGAÇÃO NA PUBLICAÇÃO
SINDICATO NACIONAL DOS EDITORES DE LIVROS, RJ

Cohn, Rachel, 1968-
C629v   Você sabe onde me encontrar / Rachel Cohn; tradução Santiago Nazarian. – 1. ed. – Rio de Janeiro: Galera Record, 2019.

Tradução de: You know where to find me
ISBN 978-85-01-08673-0

1. Ficção juvenil americana. I. Nazarian, Santiago. II. Título.

17-46831   CDD: 028.5
                                               CDU: 087.5

Título original:
You know where to find me

Copyright © 2018 Rachel Cohn

Todos os direitos reservados.
Proibida a reprodução, no todo ou em parte, através de quaisquer meios.
Os direitos morais do autor foram assegurados.

Texto revisado segundo o novo Acordo Ortográfico da Língua Portuguesa.

Editoração eletrônica: Abreu's System

Direitos exclusivos de publicação em língua portuguesa somente para o Brasil
adquiridos pela
EDITORA RECORD LTDA.
Rua Argentina, 171 – Rio de Janeiro, RJ – 20921-380 – Tel.: (21) 2585-2000,
que se reserva a propriedade literária desta tradução.

Impresso no Brasil

ISBN 978-85-01-08673-0

Seja um leitor preferencial Record.
Cadastre-se e receba informações sobre nossos
lançamentos e nossas promoções.

Atendimento e venda direta ao leitor:
mdireto@record.com.br ou (21) 2585-2002.

Para Patty

AGRADECIMENTOS
Com amor e gratidão a Patrícia McCormick,
Andi Gitow, Dra. Juhayna Kassem, David Levithan,
Linda Braun e Alissa Merrill.

— Sybylla, Sybylla — disse titia tristemente, como se falasse para si mesma. — Nos primeiros raios da mocidade e já tão amarga. Por que isso?
— Por que fui amaldiçoada com o poder de ver, pensar e, pior de tudo, sentir, e rotulada com as aflições cortantes da feiura — respondi.

— DE *MY BRILLIANT CAREER*, MILES FRANKLIN

Era Uma Vez

Era uma vez um inquieto colecionador chamado Jim. No final de sua meia-idade, Jim decidiu que queria ter um filho, desejava mais que um esboço obscuro do Picasso ou um raro ovo Fabergé da dinastia Russa nos leilões de elite que frequentava. Aparentemente, ser gay, estéril e velho não eram fatores que impediriam Jim de realizar o sonho de ter um bebê. Ele era rico o suficiente para fazer seus sonhos acontecerem. Então Jim fez seu belo e jovem amante — um clone do Legolas, mas de tamanho normal e vivendo nessa dimensão — fazer o troço em um potinho. Jim encontrou a mãe de aluguel perfeita, uma estudante de medicina, bonita, atraente e sem um tostão furado, que parecia com uma Gwyneth Paltrow dos pobres. Se ela pudesse fazer esse favor a ele, ele financiaria seus estudos.

Era uma vez Laura, nascida para esse homem cujo maior desejo era ser pai.

Laura realizou todos os sonhos de paternidade de Jim. Simpática, inteligente e adorável, a pequena Laura era o sol da vida de Jim. O lado obscuro era o namorado de Jim, que guardara um segredo. Se ele não tomasse seus remédios, coisas terríveis aconteciam...

Era uma vez o namorado de Jim, que decidiu que não queria mais tomar lítio. Antes do primeiro aniversário de Laura, ele morreu. Mas Jim sobreviveria. Ele tinha todo o tempo e dinheiro... e Laura. Criá-la daria propósito e inspiração a seus anos tardios, um coração renovado.

Era uma vez a irmã gêmea pé-rapada do namorado morto, Melanie, que apareceu na casa de Jim em Georgetown, com um bebê no colo. Jim aceitou Mel e sua filha, e lhes deu a casa nos fundos de sua propriedade para morarem. Jim gostava de salvar as pessoas. Era, tipo, um hobby de rico, sabe? Mel e Jim poderiam criar as crianças — biologicamente primas — juntas, quase como se fossem irmãs.

A filha de Mel era eu, Miles. As pessoas acham que tenho o nome daquele trompetista, Miles Davis, e eu nem me importo em corrigir. As pessoas são assim mesmo, te julgam antes de te conhecer. Tudo bem. Na verdade, meu nome vem de uma autora feminista australiana chamada Miles Franklin, uma autora de cujos livros, tenho certeza, minha mãe nunca nem chegou perto, quanto mais leu. Tem um filme baseado no livro mais famoso dessa escritora chamado *My Brilliant Career*, a que Melanie e Buddy, meu pai, assistiram no primeiro encontro. O interesse de Mel no filme e no nome Miles acabou sendo mais duradouro que sua ligação com Buddy.

Ele já tinha saído de cena quando chegamos à casa de Jim, procurando abrigo e uma família, uma salvação.

Quando Laura e eu estávamos grandinhas o bastante para subir em árvores com facilidade, Jim mandou construir para nós uma casa na árvore em um velho carvalho da propriedade. A casa foi colocada em um galho tão grosso e firme que era quase uma árvore independente; nem mesmo os fortes ventos sazonais do norte poderiam derrubá-la. As pequenas janelas da casa da árvore eram arranhadas pelas folhas verdes e sugavam o pesado e úmido ar do pântano de D.C., adoçado pelo leve perfume de mato subindo do jardim. Era nosso paraíso particular, porto seguro.

Naquela casa da árvore, Laura controlava o tempo de brincadeira de seu jogo favorito: "Era uma Vez". Ela começou o jogo com sua voz baixa, o cabelo loiro de fada e rosto perfeito de boneca adornado por olhos azuis obstinados e um queixo firme e determinado: *Era uma vez a Bela Adormecida, que foi dar um cochilo*. Nos jogos de contos de fadas de Laura, Cinderela jamais escapava da cozinha para encontrar seu príncipe, Bela trocava a Fera pelo bruxo que havia jogado o feitiço original, e aquela chapada da Alice no País das Maravilhas precisava de pílulas especiais para sua aventura através do espelho. Os vilões não faziam participações especiais nos jogos de Era uma Vez. Eles assustavam Laura e me entediavam, então criávamos heroínas com coceiras terríveis, mas magníficos cachos e ocasionais problemas de sono. Essas heroínas já tinham muitos problemas sem precisar se preocupar em combater o mal de verdade.

Na história favorita de Laura, a Bela Adormecida nunca acordava. Isso encurtava o jogo, mas tudo bem. Enquanto minha Bela Adormecida — Laura — cochilava na casa da árvore, eu lia livros aconchegada a ela. Nos dias bem quentes de verão, trazíamos conosco um balde de gelo, e eu massageava os braços quentes da Bela Adormecida enquanto enfiava minha cara em um livro, meu prazer secreto. Apesar de já saber ler com 4 anos, eu era ativamente encorajada a *não ler* quando estava no primário. Eu lia demais, a ponto de ser castigada, banida pelas professoras para um canto da sala de aula em desgraça, o nariz virado para uma parede branca sem palavras, que eu imaginava coberta de páginas de jornal a fim de passar o tempo. Feridas mapeavam meu corpo, causadas por esbarrões em mesas e tropeços no meio-fio enquanto andava com um livro nas mãos, os olhos concentrados nas páginas em vez de no espaço a meu redor.

Prefiro livros a pessoas. Laura era uma exceção. Tínhamos nossa língua secreta, palavras sem sentido para nos comunicar quando os adultos estavam perto. *Mi-a-mi-o-mio, eh foo manch misterialloatola*, no carro, voltando da aula de ginástica, podia ser traduzido como: "Miles, já que eu posso tirar mais de dois livros por semana da biblioteca, levei para a casa da árvore alguns de Nancy Drews e o livro com as terríveis fotos de pigmentos de pele para você". *Aieeee, hersheyhiale-aLaurahoespagueti-o-saurus* era facilmente entendido como "eu roubei umas barras de chocolate para nós do 7-Eleven, Laura. Te encontro lá em cima depois do jantar". Quando caíamos uma sobre a outra, rindo, no banco de trás do sedan de Jim, podíamos olhar no espelho retrovisor e ver as sobrancelhas grisalhas do homem levantadas em espanto, os olhos azuis fixos em nós, nossos segredos mantidos seguros em sua ignorância e em seu prazer em nos ver.

Laura e eu nunca frequentamos a mesma escola, mas fizemos todo o resto juntas: vender brownies, acampamento de verão, aulas de natação e dança. Com nosso cabelo platinado e rosto rosado, frequentemente éramos confundidas com "irmãs". Para nós, "prima" significava quase a mesma coisa — inseparáveis, mas com casas separadas. Embora a agenda social de Laura ficasse abarrotada de convites, como a minha jamais ficaria, ela se recusava a dormir na casa de amigas ou ir a festas de aniversário sem mim. Quando as fortes tempestades que agitavam o Potomac vinham de noite, eu passava pelo pátio até sua casa, em direção a seu quarto, onde a cama de princesa queen-size tinha bastante espaço extra para mim. Eu precisava. Naquela cama gigante, eu me aninhava a ela e criávamos histórias para apagar o céu crepitante, que aterrorizava o coraçãozinho de Laura.

Era uma vez a adolescência, que chegou e nos separou. Laura se tornou a deusa prometida por sua predeterminação genética. Alta, magra e ainda bem loira, popular, boa nos estudos e com o inevitável namorado-astro. Laura era a prole perfeita em cuja criação Jim apostara.

Era uma vez duas primas que amavam uma à outra como irmãs e que voltaram a ser primas: educadas e tolerantes uma com a outra, e desinteressadas.

A luz de Laura brilhava tão forte que me cegava. Eu me retirava à escuridão. Vivia em uma dieta de petiscos e beliscos, comida chinesa gordurosa, Coca-Cola e cigarro. Eu enterrava as toneladas de generosas curvas dos seios e cintura sob ondas de vestidos pretos, a gordura das pernas envoltas em meias-calças pretas, pés enfiados em botas pretas apertadas demais. Dependendo da umidade do dia, meu longo cabelo ficava algo entre encaracolado e crespo — mas jamais com brilho. Pinto meu cabelo de preto, mas sou preguiçosa com as raízes, assim como com tudo, então o preto artificial fica com o loiro natural na parte de cima, me dando uma cor inchada de porco-espinho invertido. Enquanto o rosto de Laura explode com olhos azuis brilhantes, bochechas rosadas e lábios rosas, o meu é maquiado em uma palidez de morte, acentuado por um nariz de batata e um piercing no lábio, e meus olhos azul-bebê, do mesmo formato e cor da Laura, são pintados pesadamente com delineador, minha boca pintada da cor profunda de um bom machucado roxo.

Eles me chamam de "8 Mile" na escola — uma branquela pobre, da pesada, capaz de criar um rap decente de vez em quando. Sou a garota branca simbólica na escola independente de D.C., composta de setenta por cento de negros, vinte por cento de hispânicos, cinco por cento de caucasianos, quatro por cento de orientais e um por cento de gordos (eu). Os professores dizem que sou uma escritora nata. Na verdade, sou uma leitora nata. Posso escrever histórias durante as aulas para passar o tempo e espantar o tédio, e posso às vezes deixar meu melhor amigo Jamal transformar minhas palavras em arte performática, mas juro lealdade, principalmente, a livros escritos por outras pessoas. Eu não teria nada a dizer se tentasse ser uma escritora de verdade. Minha vida é um desperdício que nem vale a pena registrar. Embora até livros ruins raramente sejam entediantes. As palavras saltam. Páginas voam. Ação. 8 Mile observa tudo, mas não vive nada.

Os professores dizem que não conseguem entender por que eu entrego os trabalhos atrasada ou sequer os entrego, por que eu não me importo em ficar com média C. Se eu apenas me esforçasse, podia ser uma aluna modelo. Esforço é supervalorizado. Esforço recebe comentários do tipo: "excelente argumentação, mas uso inadequado de vírgulas" (e daí?), ou "isso parece ter sido escrito durante o almoço, pouco antes da hora de entrega em vez de trabalhado e revisado nas últimas duas semanas, como a tarefa pedia" (manchas de gordura de batata frita no caderno, sempre me entregam).

Quando a escola terminar, essa suposta escritora nata vai ter sorte se passar em Redação. Entretanto, ela é fera em Educação Física. Gordas podem dar chutes de kickbox com fúria.

Esses professores não vão precisar se preocupar por eu me tornar uma decepção quando a escola acabar. Não planejo voltar para a escola no último ano. Faço 18 anos no final de agosto, não preciso voltar se não quiser. Posso fazer o que quiser com minha vida.

Eu devia ter me formado com Laura e Jamal em maio passado. Mas era uma vez a mais talentosa leitora no jardim da infância, que acabou repetindo. A reunião de pais/alunos/diretores na qual eu não tinha direito de voto determinou que meu traquejo social não estava no nível do resto dos eruditos escultores de massinha e que seria melhor repetir o jardim de infância. Assim começou minha vida de tédio acadêmico profundo. Deve terminar quando a escola acabar na próxima semana, tenho o verão para pensar em um plano de fuga. Não posso passar outro ano na escola. Não vou. Prefiro atravessar um milhão de vezes o Inferno de Dante antes de atravessar a porta da escola de novo.

Eu sei aonde vou para pensar em meu plano de fuga e sei quem vai me ajudar. A casa da árvore ainda é um santuário, onde Laura e eu ocasionalmente temos nosso feliz equilíbrio. Ela nos surpreendeu ao terminar com o namorado logo após a formatura; esperávamos que ela o acompanhasse até Boston no outono. Abençoada com uma multidão de aprovações da Ivy League em envelopes gordos, ela escolheu Georgetown. Não está preparada para sair de casa. Eu não estou preparada para deixá-la partir.

Laura voltou para mim na primavera passada, para nossa casa da árvore. Nos finais de tarde depois da escola, quando ninguém mais estava por perto, nos comunicávamos sem dizer uma palavra, e, de repente, ela aparecia na casa da árvore sempre que eu conseguia um baseado, e eu podia adivinhar quando ela estava lá em cima, com um comprimido. Aqui, Miles, uma de quarenta gramas para você, uma de vinte para mim. Você esmigalha, vamos cheirar juntas. O peso corporal de 8 Mile pode sustentar a Oxy40, mas a fadinha perfeita da Laura não aguenta mais que vinte.

Duas garotas que dividem nada além de alguns genes e uma infância ainda têm uma coisa em comum. Elas gostam de ficar chapadas. Um baseado, às vezes uma Oxycontin, geralmente um Percocet*, essas são nossas armas, mísseis que nos levam para um lugar onde não sentimos nada além do

---

* Percocet (ou Percoset): Marca registrada de um poderoso analgésico.

silêncio e do ar úmido, com o zumbido das cigarras chegando ao anoitecer, a suspensão da ansiedade, cérebros vazios armando shows de laser.

Ainda não contei a Laura sobre meu plano de largar a escola porque qual é o sentido de desperdiçar uma boa onda com discussões? Vou conseguir contar a ela em breve. Vou levá-la à livraria sozinha, e não vamos estar chapadas, e vou contar a ela, e ela vai me ajudar.

Era uma vez duas primas-irmãs que brincavam juntas nos corredores úmidos da livraria da vizinhança. Os contos de fada que elas interpretavam eram tão cativantes que o proprietário renomeou a loja para elas. Mais tarde, ele contratou a contadora de histórias chefe. Era uma vez uma livraria onde eu agora trabalho em meio-período (ou, basicamente, sempre que apareço por lá), que fica na saída da velha travessa de Georgetown, situada em uma ruazinha cheia de jardins e chão de tijolinhos, enfileirada de casas da era federalista, um ponto de encontro dos moradores locais, estudantes universitários e do ocasional turista perdido. Diferentemente das grandes cadeias de lojas perto no corredor de Winsconsin e da M Street, com seus cafés genéricos, prateleiras imaculadas cheias de livros brilhantes e admiráveis coleções de diários, a loja onde trabalho é um lugar velho e empoeirado, com manchas de umidade na parede; tem pilhas e pilhas de velhas revistas e estantes bambas, cheias de livros de suspense de espiões e livros pulp, novos e usados, sem organização específica. Não há salvação para esse lugar, então não nos preocupamos em ter uma seção de autoajuda. Temos uma máquina de cappuccino, mas ela só funciona se você a chutar de um certo modo, e só é usada em situações de emergência total de cafeína. A loja não dá lucro, e suspeito de que a única razão pela qual permanece aberta é a isenção de impostos para o proprietário. Na verdade, a loja é um pulgueiro. Mas é meu pulgueiro, meu segundo lar desde a infância, o lugar onde eu podia ser encontrada nos dias em que "esquecia" de ir para a escola.

Mas daí...

Era uma vez, uma semana depois da cerimônia de graduação de Laura, Jamal veio à livraria. Ele não me cumprimentou como sempre: "Yo, Miles, desamarra essa cara", soltando o clichê com uma maré de batidas rítmicas vinda de todos os cantos da boca. Na verdade, era a primeira vez desde que o conheci que a boca de Jamal estava bem fechada, dentes cerrados, os olhos negros nublados de um jeito que baseado nenhum faria. Eu soube na hora que ele não havia aparecido para nenhuma das missões de sempre. Ele não estava aqui para me fazer pedir asilo na embaixada canadense, para me sequestrar até a Adams-Morgan a fim de comer tiras de frango ou, depois, ir até a loja de discos de reggae, nem para me oferecer uma comissão por recolher dinheiro enquanto ele dançasse break com sua turma, girando de costas e dando voltas completas com a cabeça no chão para os turistas no C&O Canal.

Jamal é a única razão pela qual 8 Mile sobreviveu à escola até agora. Sua mãe é amiga do pai de Laura, então é como se eu o conhecesse a vida toda, mas foi só quando fomos parar na mesma escola que nos tornamos amigos. No começo do primeiro ano, eu carregava minha bandeja de almoço para um canto solitário na cantina quando acidentalmente bati em uma das genéricas garotas malvadas da escola.

— Olhe por onde anda, 8 Mile — rosnou para mim a menina malvada na frente de uma mesa cheia do povinho popular. Antes que eu tivesse a chance de me afundar em um buraco de humilhação, Jamal se levantou da mesa, pegou a bandeja de minha mão e colocou ao lado da sua.

— Quem me *dera* conseguir rimar como essa mina — disse ele. Colocou o braço em meu ombro para todo mundo ver. — Cês viram todos os raps Black Panther que ela escreveu para o trabalho oral da aula de História dos Movimentos Sociais? 'Estou Ca alegria de ser Stokely', quem dera eu tivesse pensado nisso.

Desde aquele momento, Jamal e eu fomos como um par esquisito em um filme sobre amigos de Hollywood, só que na nossa versão D.C., é Menina Bizarra amiga do Garoto Popular, mas não a ponto de poderem acabar com um cartel de drogas etc., mas talvez porque Jamal é simples assim: legal. Ele é o menino ator-rapper-dançarino que pode fazer qualquer coisa, incluindo conceder a 8 Mile uma popularidade de segunda mão; a associação com ele salva sua raça de levar um pé na bunda regularmente. Ele é o único que pode me tirar de um livro e me meter no mundo. Às vezes eu penso em Jamal como o personagem literário de uma antologia de meus livros favoritos: seu carisma é meio Zooey Glass, do Sallinger, coberto de açúcar mascavo do Tea Cake de *Their Eyes Were Watching God*, com o charme astuto de detetive do escritor Dashiell Hammet e a gostosura de um Walter Mosley. Ele seria interpretado por um jovem Mos Def em um filme com trilha sonora de Stevie Wonder das antigas.

Dentro de minha livraria, Jamal apenas disse: "Laura...", e eu sabia, apenas sabia pelo aperto no estômago e pela convulsão instantânea no coração, sabia pelo rosto de Jamal que estranhamente não estava sorrindo. Eu sabia porque Laura sempre fazia o que eu queria poder fazer. Minha mãe deve ter mandado Jamal para dar a notícia de que, agora duplamente atingida, ela não poderia aguentar uma segunda vez.

Os personagens podem mudar de forma, trocar de alianças, voltar no tempo e voltar dos mortos ao comando do escritor. Eu não posso fazer nada disso pela Laura.

Era uma vez a Bela Adormecida, que resolveu tirar um cochilo do qual nunca iria acordar.

Carta de Amor a Percocet:
Uma Resenha de Miles

Digamos que você esteja entediado ou que não consiga dormir. Talvez sua mãe esteja gritando com você, ou o garoto/a de quem você gosta não goste de você da mesma forma, ou você é gorda demais até para considerar ir ao baile de formatura. Ou a pessoa mais próxima de você desde que vocês eram bebês, juntas no berço, se matou. O lance de sempre.

Não tema. Não se deprima. Seja um drogado!

Não dá para contar que pessoas vão cuidar de você ao longo do trauma que é a existência. Mas você já sabe disso. Mas você sabia que sempre pode contar com Percocet?

Passo a passo:

Tomar um perc não é uma experiência grupal. Ouse voar sozinho. É para aproveitar o próprio prazer químico usando aquele antigo clássico, sua mão.

Comece por desenhar as formas em seu quarto. Saúde as trevas. Tire o comprimido do criado-mudo, segure o copo d'água na mão. Ofereça sua gratidão divina antecipadamente. Seja guloso — engula o comprimido inteiro em vez de dividir ao meio e guardar um pouco para mais tarde. Diluir é um desperdício. Saboreie a coisa toda.

Agora, deite na cama e feche os olhos.

Espere.

Só mais um pouquinho.

Está sentindo agora? A comichão começando na ponta dos dedos, se arrastando pela ponta das unhas? Sorriiiiiiiiiia. Sim! As cócegas se espalham, brotando por seu corpo, mas não de uma forma dura, explodindo como em Hiroshima. É uma beleza.

Bem-vindo!

Você se sente leve como uma pluma, feliz como um ganhador da loteria que não tem de pagar impostos sobre o prêmio. Você agora está chapado, mesmo que no contexto do Perc isso seja um *misnomer*. (Em inglês, isso significa um nome errado ou inadequado, para todos os chapados reprovados no vestibular por aí). Você não está chapado de anfetamina, explodindo do corpo com energia, ou psicodélico como ao usar LSD. Você está viajando em veludo. Completamente relaxado. Anestesiado.

Pense como se você estivesse em um sonho desperto. Escolha a fantasia — você a dirige, não o contrário. O mundo é um lugar bom. O sofrimento não existe. O presidente americano, suposto líder do mundo livre, não está realmente destruindo o meio ambiente, a economia, seu futuro. O garoto/a que você ama também ama você — ele/ela pode até te convidar para o baile! A única pessoa na Terra que você esperava que caminhasse com você pela vida escolheu te avisar que está abreviando a coisa, que ela não quer mais viver. Ela disse adeus. Ela ao menos convidou você a vir com ela.

Mumifique-se com os cobertores da cama — como em um caixão, mas não morto. Sinta seu corpo flutuando para longe. Tchau-tchau, corpo, tchau-tchau! O peso se transforma em nada.

Mágica. Você controla os botões.

Deixe os pensamentos correrem livres, como se sua mente estivesse dando um passeio domingo à tarde por um jardim florescendo na primavera. Pare e cochiche com as flores, as violetas, calêndulas e gardênias, e não ignore os cravos porque são baratos. Todo esse tempo você achou que as flores eram apenas coisas bonitinhas. Acontece que elas estavam esperando que você reconhecesse a linguagem secreta que elas só dividem com você e com cachorrinhos. Absorva o conhecimento das flores. Ouça tranquilamente em vez de participar.

Ah, cachorrinhos. Eles nunca deixam de ficar felizes ao ver você.

Deixe as belas petúnias e os cachorrinhos embalarem você no sono. Durma, durma, durma, minha pérola. Até que seu corpo esteja pronto para voltar à nave mãe. Sonhos em queda livre com aterrissagem segura.

Belo caixão-coma de veludo-violeta. Bendito seja!

Não se preocupe, pois, ao acordar, nada no mundo vai ter mudado, a não ser seu desejo crescente por Percs.

Essa resenha ajudou você?

( ) sim ( ) não

Tranças

LAURA ESTÁ MORTA, MAS MEU CABELO ESTÁ ÓTIMO.

Niecy me faz tranças no cabelo enquanto como horrores de M&Ms e assistimos a desenhos, a forma de entretenimento mais profunda que posso aguentar hoje. Estamos sentadas na sala da casa de hóspedes há duas horas, e as tranças estão quase prontas. Até que gosto de tranças. Sempre gosto de M&Ms. Não gosto de TV, só hoje.

Meu cabelo de porco-espinho foi domesticado em dúzias de tranças com continhas de cristal, daquelas caras, penduradas na ponta. Niecy e eu escolhemos as contas em homenagem a Laura — seus olhos, seu espírito, ambos azul-claros. Laura amava meu cabelo trançado pela irmãzinha de Jamal. As mãos de Niecy estão sendo extra cuidadosas comigo a manhã toda, fazendo tranças firmes, mas sem puxar minha cabeça, e massageando meus ombros para me dar segurança. Não gosto de ser tocada, exceto hoje.

Niecy está a minha frente, pronta para trançar a última mecha de cabelo ao lado do rosto. Ela admira o resultado quase completo de seu trabalho. Eu ainda não apliquei "as trevas", como Jamal chama minha escolha de cosméticos, e com o cabelo puxado para trás sem delineador preto no olho ou batom gótico colorindo meus lábios, é possível ver que tenho um rosto.

— Você tem um rosto tão bonito — comenta Niecy, em seu tom objetivo que vai além de seus 15 anos. A parte não dita na frase é obviamente: *para uma gorda*. É sempre esse o fechamento implícito de qualquer pessoa que diz "você tem um rosto tão bonito". — Devia mostrá-lo mais. Mas não acredito que Jamal deixou você colocar um piercing nos lábios.

— Sabe, Niecy, tenho esse poder extraordinário — revelo.

— Chama-se "livre e espontânea vontade". As namoradas de Jamal não sabem como usar isso quando ele diz a elas o que usar nas festas para que fiquem bonitas do lado dele, mas diferentemente das vadias, eu tenho ideias próprias.

Ela ri, e eu rio, então ao mesmo tempo olhamos uma para a outra e paramos de rir. Hoje é o funeral de Laura e nada é engraçado, exceto talvez as figuras animadas na TV, que normalmente não têm graça alguma.

Daqui a alguns anos, se eu chegar até lá: como me lembrarei deste dia? Que desprezei a dor porque estava rindo, fazendo tranças no cabelo e comendo balas, mas tirando os M&Ms vermelhos porque eles assustavam Laura? Laura odiava a cor vermelha sem outro motivo a não ser Porque Odeio. Ela adorava azul e amarelo; verde não a ofendia, apesar de ela não necessariamente gostar da cor, mas vermelho? Fogos de artifício. Ela queimava os presentes da cor errada que alguém pudesse ter lhe dado inocentemente: um cachecol vermelho, um bracelete vermelho. Livros vermelhos ela passava para mim. Eu podia ler, se prometesse mantê-los longe de sua vista.

A onda de açúcar do M&M melhora a ressaca do Perc, o preço que às vezes eu pago por um belo sonho de veludo. Preciso lembrar: o sofrimento da hora de dormir pede Vicodin (de marca *ou* genérico, não devo ser esnobe). O ruim do genérico é que a onda não passa suavemente, você apenas percebe que acabou. Mas, embora a chapação não seja tão intensa, a manhã seguinte é mais suave; rosa em vez de preto.

Estou tentando não pensar nas cores que Laura viu no final, mas é inevitável. Estou morrendo de vontade de saber. Acho que não posso mais dizer "morrendo de vontade", posso?

Quero saber o que Laura viu quando passou das trevas para a luz — ou foi o contrário? Havia gente esperando por ela ou placas de BEM-VINDA, de preferência escritas em azul e amarelo? Ou apenas não havia nada? Nenhuma cor, nem cinza? Sei que não havia nenhum Deus esperando por ela, porque nenhum Deus poderia fazê-la encontrá-Lo tão cedo.

Quem vai cuidar da Bela Adormecida do outro lado? Quem vai contar histórias e esfregar gelo em seus braços quando ela estiver com calor? Estou assustada por ela, mesmo que a inveje.

Laura mostrou consideração, como sempre. E não era mesquinha. Ela queria que uma pessoa anônima a encontrasse, não eu, não Jim. Ela foi para a suíte de luxo do hotel cinco estrelas mais chique de Georgetown. Passou sua última tarde lá, com cortinas fechadas, deitada na cama fofa, com fones de ouvido, escutando música enquanto esperava que os comprimidos fizessem sua mágica, tirá-la de nós. Ela deixou um bilhete para Jim, mas não para mim. Não sei o que o bilhete dele dizia. Imagino que algo como: "Adeus" e "te amo" e "obrigada". Espero que sim. Sua educação era impecável, e não quero pensar que isso mudou só para um bilhete de suicídio.

Niecy termina a última trança, mas está apertada demais. Dói. Eu não reclamo. Quero sentir a dor, sentir qualquer coisa além deste peso enorme no estômago. Comi um quilo de M&Ms com pouca ajuda da magricela da Niecy, e poderia ter sido serragem, pois não sinto sabor algum. Depois que o peso no estômago se esvai no vazio, esfrego minha língua com força ao redor do lado interno de meu piercing até que meu lábio inche. Vou sentir gosto de sangue e sentir algo novamente.

Não sei qual é meu problema; Laura pôde tirar a própria vida, e eu nem chorei. Não acredito que é real. É como se ela tivesse tirado sua vida, mas não de verdade. Espero subir na casa da árvore e a encontrar ali, esperando por mim com um livro e um maço de cigarros, e contar a ela todo o drama que acontece naquela casa. *Laura, adivinhe? A senhora desta casa, morta pelas próprias mãos... para valer, não como um romance gótico.*

Agora que meu cabelo está pronto, posso sair para fumar, tentar encontrar Laura, talvez segui-la. Não me deixam fumar dentro de casa.

Laura pensava nos outros e mantinha segredos. Acho que ninguém além de mim sabia que ela fumava. Ela pediu ao próprio pai para deixar de fumar como um presente no aniversário de 16 anos. Ele parou. Jim queria lhe dar um carro.

Tranças prontas. Niecy senta-se no sofá ao lado de minha cadeira. Ela segura minha mão. Seus grandes olhos castanhos estão úmidos, e o sorriso sumiu de seu rosto. Sinto seu toque, mas não o calor. Sou imune.

— Não entendo — diz Niecy. — Ninguém tinha mais motivos para viver do que ela. Como ela pôde tirar a própria vida? É como se ela a roubasse de Deus.

Laura era como eu. Cheia de segredos e ateia. Ela não roubou de Deus. Ela determinou o próprio destino, uma líder.

Entendo por que Laura fez o que fez. Acho que deveria estar furiosa com ela, mas não estou. Admiro sua coragem. Ela viu o que o mundo tinha a oferecer, e disse "não, obrigada". Ela viu as mentiras e a hipocrisia e a violência e o ódio e a falta de sentido de tudo, e escolheu outro caminho. Ela não vai viver para ver seus netos, mas também não vai viver para vê-los sofrer.

Desvencilho minhas mãos de Niecy.

— Você tem razão. Você não entende. — respondo. Niecy tem uma vida perfeita. É linda e inteligente, vive em uma casa bonita com uma família amorosa. Faz parte de uma comunidade e tem fé. Laura tinha essas coisas também, mas queria não precisar delas. Eu não tenho nada disso, mas também não sinto falta.

Sinto falta de Laura. Já sinto tanto sua falta, e só se passaram três dias. Ainda acho que ela está viajando e vai voltar para casa a qualquer momento, cheia de presentes para mim de algum lugar como Itália ou Venezuela ou Nova Zelândia.

Jim costumava me convidar para suas viagens, seguro de saber que eu iria recusar. Sou uma garota de D.C., não quero ir a lugar algum. E não quero caridade sem necessidade.

Como vou tolerar o resto de minha vida sentindo falta de Laura a cada momento de cada dia de cada ano, para sempre? Ela se afastou no passado, mas sempre voltava.

Quero ficar doente.

Niecy se inclina para me abraçar, goste eu ou não. Fico tensa no abraço.

— Não seja chata — critica ela. — Hoje não é dia de ser Miles. — Ela beija minha bochecha e se vira para ir embora. Sua mãe e a minha estão esperando por ela na casa de Jim para ajudar a preparar a chegada dos convidados. Em luto.

— Obrigada — sussurro, mas Niecy já se foi.

Quando é dia de ser Miles?

Eu vejo o comercial na TV. Na tela, um ursinho de desenho salta no ar, caindo em um cobertor aconchegante. UAU! Que tecido macio!

Não há nada de errado com o mundo — saia para fazer compras!

Não acredito em nada, especialmente hoje.

A Trincheira

NA TRINCHEIRA, É UM DIA ÚMIDO DE JUNHO, A PROMESSA de um verão opressor e perigoso por vir. A temperatura está acima de quarenta graus. Nossos nervos estão em ebulição. Os campos assassinos esperam para implodir.

Laura e eu nos escondemos aqui na casa da árvore. Charlie nos cerca, mas com o rico florescer de verão das árvores do lado de fora da janela nos escondendo em folhas e galhos, Charlie não nota. Ainda assim, não ousamos acender um cigarro. Um movimento em falso, um sinal de fumaça no céu, e seremos mandadas de volta para casa em sacos.

— Era uma vez — sussurra Laura — a corporação Bravo, que se perdeu no Delta do Mekong.

Tarde demais. Charlie nos encontrou, tesourando entre a folhagem com suas ferramentas de jardineiro. Ele olha para nós através da janela da casa da árvore.

— Olá, meninas! — cantarola.

Game over. Não tem graça brincar de trincheira quando um verdadeiro veterano do Vietnã, o jardineiro e animalzinho em reabilitação de Jim quando tínhamos 13 anos, fica do lado de fora da janela com uma escada.

— Miles! — escuto a voz estridente, mas prefiro ignorá-la.

O calor úmido da trincheira se infiltrou em meu quarto. Gotas de suor deslizam por meu rosto, epítetos de frustração e pânico. Não consigo fechar o zíper atrás do vestido preto. Semana passada fechou bem. A missão de reconhecimento dos M&M's já me inchou.

Do lado de fora da janela do quarto, ouço pessoas chegando para o funeral. Através de densas árvores, eles não vão notar a casa de hóspedes perto da ruazinha lateral nos fundos da propriedade de Jim, sobre a cerca imponente, através do jardim, depois da piscina. Eles descobriram a área dos fundos com lugares secretos para estacionar, mas essa emoção será logo esquecida quando andarem pela rua principal, onde serão cegados pela magnitude da mansão.

Assisto à procissão de elegância da janela do quarto enquanto os convidados em luto caminham nas antigas pedras lá fora. São os políticos, as socialites e a elite gay que povoa o mundo de Jim em Georgetown, e, sobre o som dos passos de seus belos sapatos, eu os vejo conversando, se preparando para a tarde que está por vir. Estão soltando expressões do tipo: "Que tragédia" e "perda sem sentido" e "pobre homem". Não ouço uma única vez proferirem a palavra solitária que exprime a verdade. *Suicídio*.

— MILES!

Solto meu vestido pelos braços e deixo a parte de cima ficar pendurada em minha cintura. Passo outra camada de desodorante nas axilas. Em seguida, coloco os braços de novo para dentro do vestido e abro a porta do banheiro.

— Pode subir o zíper aqui para mim? — pergunto a minha mãe.

— Miles! Você me ouviu batendo na porta? Pode por favor cooperar um pouquinho, pelo menos hoje?

Vou cooperar se ela subir meu zíper. Caminho até onde ela está parada na porta. Ela é esperta o suficiente para não entrar sem ser convidada.

— Vire-se — diz Mel. Fico de costas para ela. — Respire fundo, inspire. Este vestido não quer fechar. — Inspiro fundo, sabendo a pergunta que virá em seguida, mas ainda esperando escapar. Não tenho essa sorte. — Tem outra coisa para vestir? Algo um pouco maior? Não consigo subir o zíper até o pescoço.

— Deixe pra lá. — Minhas tranças e contas vão esconder as costas. Ninguém vai saber. Meu corpo está sempre se expandindo, como o universo, mas meu cabelo é comprido, como o de Laura.

Sempre fui a pobre coitada na casa dos fundos, satisfeita em bancar a coadjuvante da princesa da bela casa, sua sombra gorda. Agora quem vou ser?

— A mãe de Jamal e Niecy está na sala. Ela quer falar com você antes do funeral. — Mel puxa uma conta no fim de minha trança. — Você está bem bonita. — Ela tem de passar pela porta para me deixar sair. — Seja educada — avisa.

Sou sempre educada com a Dra. Turner. Ela não é minha mãe.

Tento ir até a sala, mas a mão de Mel pega a minha para evitar que eu suma de vista antes que ela tenha terminado.

Eu sacudo sua mão.

— Que foi?

Seu rosto está sério e duro, cheio de dor em contraste com o forte sol da tarde que atravessa a janela do corredor. O calor e o brilho do sol parecem um laser indo direto para, ou vindo de, Deus. A força da luz é como se Ele estivesse tirando sarro de nossa cara hoje. *Ha ha, pegamos Laura, agora ela é nossa.*

Olho para o rosto da Mel, que parece ter envelhecido quase uma década de um dia para o outro, e sei que hoje não vou receber aquele discurso de Quando Você Vai Perder Vinte Quilos e Ser Bonita Como Laura. Hoje vou receber o rosto de Já Enterrei Meu Irmão, Agora Minha Sobrinha, Ambos Suicídios. Sua expressão perdida me diz que ela e eu dividimos pelo menos uma emoção em comum, na forma de uma pergunta: como conseguiremos continuar?

Pobre Mel. Ela quer apoio, conexão. Ela devia ter ganhado uma filha da marca Niecy, uma que distribui abraços, expressa sentimentos nobres e a procura na alegria e na tristeza. Não uma filha que quer ser deixada em paz com um livro, que não quer ser tocada, que é incapaz de amar.

— Conversei com Paul no telefone esta manhã. Disse a ele que talvez nós devêssemos reconsiderar os planos de verão. Você precisa de mim aqui? — pergunta.

O clássico de Mel em dissimular as palavras. Sei disso porque não sei muito sobre nada, só sobre palavras. Sua verdadeira pergunta é: *Você quer que eu fique?*

Ela tem ido e voltado com esse Paul há anos; a relação sobrevive por causa da longa distância. Ela é uma pintora que se vira como garçonete em D.C., ele é um escultor que se vira com uma história de sucesso narcisista em Londres. Ele viaja frequentemente para D.C. quando vende para as galerias, e ela fica com ele na Inglaterra durante os verões, quando pode recrutar meu pai para fazer participações especiais no papel de acompanhante temporário na casa de hóspedes.

Não tenho interesse em Paul nem em Londres, gosto de ser deixada para trás. É o que sei fazer.

Se eu fosse uma escritora trabalhando na história de minha mãe, eu iria especular que, para Mel, a procriação era algo que ela achou que deveria fazer — imperativo biológico e tal —, mas a coisa toda acabou sendo uma grande decepção para ela, como a maternidade foi para Scarlett O'Hara em *E o vento levou*. A versão literária de Scarlett amava a filha Bonie, mas Wade e Ella, seus outros dois filhos, aqueles que não aparecem no filme, eram dejetos como eu, incômodos... facilmente esquecíveis. Meu lado escritora pode especular que Mel é como Scarlett, um personagem imperfeito, com potencial para ser um personagem de verdade — se eu tivesse tempo de trabalhar nele. Mas ela é minha mãe e não um personagem em um livro. Não me importo. Prefiro ler sobre Scarlett.

Pelo menos sou uma filha boa o bastante para não responder de verdade a Mel. Não, eu não *preciso* de você. Também não *quero* você aqui. Estou bem sozinha. Na verdade, prefiro assim. E, por favor, não precisa recrutar meu pai para cuidar de mim novamente. A única coisa para a qual Buddy serve é consertar coisas. O ar-condicionado na casa de hóspedes está bom, apesar de o suor encharcar o tecido de meu vestido preto, e de a janela aberta em meu quarto deixar todo o ar sair para que eu possa sentir o ar abafado. Sofrimento.

— Você pode ir para a Inglaterra — digo a minha mãe, me afastando. — Estou bem.

Não estou bem. Logo as lágrimas chegarão. Posso senti-las crescendo na boca do estômago, forrando a barriga cheia de balas. Elas chegarão quando eu estiver sozinha no escuro, em minha própria cama, sem ninguém para me consolar. Vou chorar por Laura assim, em particular. Um furacão de categoria cinco está se formando em meu coração e em minha alma, mas, neste momento, está longe da costa, esperando para entrar em terra, esperando para me acertar. Vou estocar suprimentos em antecipação, cigarros, romances e balas, talvez um bastão de luz para brilhar nas paredes, para pôr à luz o fantasma de Laura.

Código

A Dra. Turner, em um elegante terno preto, se senta no sofá da sala, as pernas cruzadas em uma pose de diretora de escola. Olhar para ela é ver a face da classe média alta de D.C. — a Costa Dourada, versão afro-americana. Há o terno bem cortado. A adorável pele morena e o cabelo perfeitamente penteado. A determinação de ferro e os suaves olhos castanhos. Quando ela fala, é como ouvir a versão de Futura Educadora PhD de sua filha Niecy.

— Queria dar uma olhada em você antes da cerimônia. Como está lidando com isso, querida? — Só porque ela é a melhor amiga de minha mãe eu estou dispensada, pelo menos por hoje, da cara feia que ela reserva para os estudantes nota C que estão desperdiçando seu potencial em sua escola. — Tem algo que eu possa fazer?

Não deixe Jamal partir de D.C. para a faculdade em Atlanta no outono. Por favor, não tenho mais ninguém.

— Estou bem — resmungo.

Como se a Dra. Turner já não tivesse feito o bastante. Ela está na casa de Jim desde que ouviu a notícia, supervisionando a preparação do funeral e da comida, e consolando Jim. Esses dois têm uma longa história. Seus comitês são o passado, o presente e o futuro político para emancipar D.C., para tornar o distrito um estado oficial da União.

A Dra. Turner levanta do sofá e, como Niecy, vem me dar um abraço, goste eu ou não. Sinto seu calor, mesmo através do ar condicionado e da roupa suada.

— Quando tudo isso tiver acabado, nós duas vamos nos sentar e conversar, entendeu? Sobre esta situação, sobre os trabalhos da escola, seu futuro... — A voz fica rouca, e ela engasga. Quando recupera a compostura, acrescenta: — Vou deixá-la faltar na última semana de aula, mas não pense que eu e você não vamos tratar da questão séria de seu desempenho acadêmico e de seu futuro depois de passarmos por isso.

Parece uma grande sorte a mãe de seu melhor amigo ser também sua diretora, mas não é. Nem penso em soltar a notícia de que pretendo abandonar a escola. *Não preciso de uma discussão sobre meu desempenho acadêmico, Dra. Turner, porque não vou voltar.*

— Miles, quero que você saiba que o quarto de hóspedes de nossa casa é seu o verão todo, sempre que precisar ou quiser. Estamos do seu lado. Você só precisa me avisar para eu te buscar. Tenho bastante trabalho da campanha de D.C. para mantê-la ocupada, para manter sua mente em algo esperançoso em vez de em toda essa tristeza, se eu conseguir te convencer.

A oferta não me convence. Posso concordar com sua plataforma política, mas nunca vou passar a noite no quarto de hóspedes, apesar dos vários convites. Eu em um quarto, Jamal em outro, brincando de código Morse na parede que nos divide? Esquece. Jamal pode me amar tipo "melhores amigos para sempre", mas ele não entende meus códigos secretos como Laura. Ele não saberia lidar com isso.

— Vou pensar — digo. Já pensei. *Não.* — Obrigada pela oferta.

Quando a Dra. Turner sai para voltar à casa principal, Mel assume seu lugar a minha frente. Ela quer que eu desmonte em seus braços. Sei disso. — Como *está* aí, querida? — pergunta Mel, imitando a inflexão da Dra. Turner. "Instinto" e "Maternal" são duas palavras que não necessariamente andam juntas com Mel, mas ela segue o exemplo da Dra. Turner de vez em quando.

Estou prestes a dizer a ela que estou bem, de novo, mas ela é quem desmonta, explodindo em lágrimas, agarrando minha forma extragrande em seu tamanho compacto. Ela soluça. — Não sei como vou superar isso. Não consigo acreditar que estou passando por isso novamente.

Porque a morte de Laura é isso; é assunto de Mel.

— Você vai se sentir melhor quando chegar em Londres. Você adora aquele lugar. Tem sorte lá, sempre diz isso — asseguro.

Vou *me* sentir melhor quando ela chegar em Londres, quando eu puder ter a casa para mim, quando puder dormir pela metade do dia, fumar um cigarro atrás do outro, ler vários romances e ter o mínimo contato possível com humanos, sem ela reclamar. Então vou pensar em como passar o resto da vida sentindo saudades de Laura.

Mel assente e funga em meu ombro.

— Você é mais forte que eu, Miles. Vai ficar bem quando eu for. — Sei que ela está tentando convencer a si mesma, não a mim, que está tudo bem com sua partida. Ela levanta a cabeça de meu ombro e me encara, esfregando gentilmente a mão em meu queixo duplo. — Você sabe quanto eu te amo, certo?

Claro que sei. Mas o que o amor tem a ver com isso?

Viajando no Luto

Estou chapada.

Enquanto o padre jesuíta, um professor de teologia e velho amigo da faculdade de Jim, discursa sobre Deus oferecer oportunidades de arrependimento de formas que não compreendemos, juro que escuto Laura rindo. Está tão chapada, só que a onda é um espaço físico em vez de mental. Está aninhada sobre as obras de Shakespeare, encadernadas em couro em uma prateleira na parte de cima de uma estante de livros de 5 metros de altura, feita sob encomenda para a biblioteca da casa de Jim. Ela tem um brilho nos olhos azuis e um livro no colo. Acho que ela está lendo Dan Brown. Rebelde! Ela sorri para mim quando me sento em uma cadeira dobrável de madeira, na última das fileiras armadas para a cerimônia de seu funeral.

Um pai gay e católico relapso mais uma filha suicida é igual a nenhuma cerimônia na igreja. Mas respeito que Jim tenha escolhido realizar o serviço fúnebre na sala favorita de Laura, aquela sem retratos de generais revolucionários e suas esposas magricelas e amareladas, aquela sem os retratos emoldurados dos presidentes e embaixadores que jantaram na casa, aquela sem a tapeçaria renascentista, vasos orientais e tapetes persas. Aqui é onde Laura iria querer que estivéssemos, no único cômodo que dá espaço à imaginação, e não a um elegante gasto de dinheiro. A mobília foi retirada para a cerimônia e substituída por fileiras de cadeiras banhadas em uma luz brilhante que se recusa a diminuir mesmo neste dia escuro. O que permanece são as estantes de livros que cobrem as paredes, segurando a sala com o que devem ser milhares de volumes. Escadas deslizantes correm pelas estantes, nosso brinquedo de parque de diversões favorito quando Laura e eu éramos pequenas.

Só eu posso ver seu sorriso. Só eu posso ouvir sua risada.

— Arrependimento? — pergunta Laura. — Para quem?

Para essas pessoas, respondo, articulando sem som, e gesticulo para os convidados sentados a meu redor. Arrependam-se para que possam se sentir melhor. Arrependam-se para que não tenham de se perguntar por quê. Qual era o profundo e negro segredo da vida de Laura que a levou a tirar a própria vida?

Só Laura e eu sabemos. Ela não carregava nenhum segredo negro e profundo. Nenhum caso secreto que deu errado, nenhuma vergonha ou ódio dela ou sobre ela, nenhum crime odioso que precisasse esconder. Ela não se matou como uma maneira de escapar de algo. Ela simplesmente escolheu não viver. Há uma diferença. Eu entendo essa diferença porque eu e ela somos iguais. Queremos as mesmas coisas. Ela abre a trilha para nós, sem medo do desconhecido, enquanto eu me atenho ao que é seguro e familiar, à vida.

Eu olho para os convidados em luto, um verdadeiro arco-íris de rostos que só Jim poderia reunir. Há senadores, diplomatas e socialites que são os vizinhos de Jim em Georgetown, representantes das muitas empresas na qual Jim serve como membro do conselho administrativo, e uma boa porção de rostos afro-americanos, pessoas de D.C. que são amigos de Jim de muitas organizações civis às quais ele pertence; D.C. pode ser composta de setenta por cento de negros, mas as reuniões em Georgetown não necessariamente refletem isso. Vejo um pequeno grupo de representantes dos alunos e professores da juventude LGBT do chique colégio particular para meninas de Laura. As meninas dessa escola têm cabelo liso, são clones magrelos de fashionistas que parecem vestir seus ânimos como acessórios; hoje o brilho labial é da cor Tristeza.

Não posso encarar Jim. Olhar em seus olhos cinza, ver seu sofrimento e reconhecê-lo iria me despencar dessa onda. Não vou ser desprezada. Não sou desprezada. Neste momento, estou cercada de rostos marcados com lágrimas e seriedade, mas me sinto ótima. Poderosa. Perfeita.

Quando entrei na casa e vi a reunião de pessoas sóbrias, não consegui absorver essa dor e dividi-la com eles. Imediatamente desviei para o quarto de Laura. Encontrei seu estoque secreto, sem problemas. Tenho certeza de que ela deixou para mim. Preso com fita embaixo do côncavo do estrado. Eu soltei e tomei como herança o saco plástico de Oxys e Percs e Vikes, alguns comprados ilegalmente, mas a maioria conseguida descaradamente através de prescrições esquecidas por convidados amargurados ou empregadas deprimidas. Achei o único Oxy20 no pacote. Sei que ela o guardou para mim. Porque um único Oxy esmagado é igual a várias dosagens de Percs e concede a seu (ab)usuário uma onda extasiante; Laura e eu pensamos profundamente em fazer um ritual de Oxy entre nós. Guardamos para Ocasiões Especiais Somente. Laura devia saber que eu precisava do ânimo de uma Ocasião Especial hoje, mas não chapada no nível 40. Eu só tive tempo de remover a camada externa que retarda o efeito do comprimido. Esmaguei, cheirei, conquistei. Voltei para o andar de baixo quando a cerimônia começava.

— Rezamos pelo arrependimento da falecida e pelo consolo dos que ficaram. Pedimos que Deus recompense nossa fé no dia em que tudo for refeito — entoa o Professor Jesuíta.

O que pode ser refeito se Laura não está aqui para vivenciar?

O Professor Jesuíta tagarela sobre Deus e perdão, mas não estou entediada. Estou voltando no tempo e no espaço, vendo um belo filme de minha vida com Laura. Temos 6 anos e seguramos nossas mãos nos balanços enquanto Jim e Mel, atrás de nós, nos empurram cada vez mais alto, com o sol explodindo com nossos movimentos. Temos 11 anos e lemos *Forever* em voz alta uma para a outra em nosso quarto em um dia de neve, rindo. Temos 14 anos e flutuamos lado a lado nas balsas no lago, sob um céu cheio de nuvens, longe dos outros moleques do acampamento, para que possamos fumar escondidas.

Temos 17 anos, no alto da casa da árvore, chapadas de Percs, fugindo de uma tempestade, satisfeitas em ficar juntas em silêncio, doce letargia, nossos corpos se afastando de nós enquanto nossas mentes vagam no vazio. Somos donas do mundo, e nada pode dar errado.

Em nosso belo filme, posso editar as cenas onde eu não percebi que havia algo errado com Laura. Ela sabia que o filme estava acabando bem antes de mim. Foi por isso que voltou para mim nesta primavera. Estava dizendo adeus.

Estou com calor e frio e completamente relaxada. Eu desço do filme para coçar a barriga. Oxys e Percs me dão coceira, e eu deixei de tomar um Benadryl para estabilizar a descarga de histamina do remédio. Coço minha barriga gelatinosa em círculos, forte e fraco, forte e fraco. É um jogo.

Por que todo mundo aqui parece tão triste? Tenho certeza de que estão olhando estranho para mim. Estou sorrindo? Acho que estou, mas não consigo sentir o próprio rosto. Só sinto a felicidade ondulando nas veias.

Sentado a meu lado, Jamal deve saber que estou chapada. Ele agarra minhas mãos que se moveram para coçar a barriga. Ele segura nossas mãos juntas no espaço entre nossas coxas, para manter minha mão parada, presa na sua. Viro meu pescoço para olhar seu rosto — escuro e lindo, como em meu filme —, e ele está balançando a cabeça para mim, um aviso. Agora sinto meu rosto novamente. Está vivo. Os cantos de meus lábios se abaixam, fora do sorriso. Jamal aperta minha mão. Eu fiz bem. Estou muito melhor.

Sento-me calmamente pelo resto da cerimônia. A redenção de Deus, perdão, flutuo latejando flutuo latejando, emnomedopaidofilhoedoespiritosanto, frio quente frio quente, Jesus Cristo vida eterna, feliz feliz feliz.

Laura Laura Laura. Compartilhe isso comigo.

Os Biscoitos Estão Divinos

Não temos corpo para ver, nenhuma procissão ao cemitério. Laura sempre planejou bem as coisas, e isso não mudou com sua morte. Ela pediu cremação, sem enterro. Ela, que tinha tudo, era no fundo uma minimalista.

Em vez disso, há biscoitos depois da cerimônia. A sala de jantar está montada com um grande bufê — saladas leves, sanduíches sofisticados com pão sem casca e pepinos, petiscos de soja que Laura adorava, colocados em grandes tigelas que ela trouxe do Japão. Ninguém parece estar comendo nada além dos doces. Talvez quando uma pessoa mais velha morra, os convidados possam refletir sobre a vida da pessoa com uma celebração de comida e lembranças, mas não é o caso aqui. Não escuto ninguém falando sobre Laura, nenhuma troca de olhares e risadas — *lembra daquela época que ela...?* Ouço conversas, mas são suaves, contidas. Ou talvez eu esteja chapada demais para distinguir com precisão a conversa dos convidados em meio a xícaras de chá e café. O volume da comida é um desperdício, mas as bebidas cafeinadas parecem ser um sucesso. Não sou a única pessoa que quer sacudir essa anestesia.

E quem não adora biscoitinhos? Tigela após tigela de delicados biscoitos amanteigados italianos, *ghraybeh*, os biscoitos libaneses de açúcar que eram os favoritos de Laura, e uma impressionante variedade de doces caseiros trazida pelos convidados. Experimento um pouco de cada. Mesmo com todos esses biscoitinhos chiques, a verdade universal permanece a mesma: nada substitui a delícia absoluta que são os cookies com gotas de chocolate. Posso ver as damas da sociedade de Georgetown chegando com seus pratos embrulhados em plástico-filme: *Jim, meu querido, sinto tanto que sua amada filha tenha se matado. Aqui estão alguns biscoitinhos com gotas de chocolate que nossa cozinheira fez. O ingrediente secreto é cardamomo. Uma delícia, não é?*

Ficamos no canto oposto da sala de jantar, Jim e eu, os dois pilares da vida de Laura. Sinto como se devesse ir até ele, tocá-lo, falar com ele, dizer a ele que sinto muito, mas não consigo. Não vou fazer isso. A comida se ergue entre nós, relaxando toda essa gente, os coadjuvantes da vida de Laura. O pessoal cerca Jim, oferecendo consolo, mas eu permaneço sozinha, observando. Se Jim me notar, estou certa de que vai pensar: *Aquela esquisita lá. Talvez agora eu possa mandá-la embora. Não há razão para ela ficar.*

Meus pés estão alojados no chão, no canto remoto dessa luxuosa sala. Minha cabeça está tonta, e meu corpo quer oscilar. Morro de vontade de tirar um longo cochilo. Coloco a mão na parede para me equilibrar. Preciso de algo ou de alguém para me segurar, mas só tenho biscoitos.

O Professor Jesuíta se aproxima de mim. Ele parece velho e simpático, o que odeio. Eu abaixo o olhar, me concentro no prato em minha mão e na dormência de Oxy passando por meus dedos. Não tenho nada a dizer para o faz-tudo de Deus. Apesar de que, se tivesse, poderia informar a ele que pensei bastante no assunto e que me resignei à possibilidade de estar condenada a um pós-vida no fogo eterno do inferno, e tudo bem para mim, sério, tudo bem. Não que eu acredite em Deus, mas ainda assim, imagino Ele e eu em um debate no dia do Julgamento. São Pedro — ou quem quer que seja — tirou o dia de folga, então o próprio Deus está verificando a lista de entrada no Céu. Ele começa: *Bem, Miles, você fumava como uma chaminé e se afundou em toneladas de comida rica em gordura trans, e, pelo amor de Mim, você ficou chapada no funeral da própria prima, mas, fora isso, você foi bem na vida. Não machucou ninguém além de si mesma. Pagou seus impostos. Reciclou. Ajudou velhinhas a atravessar a rua. (Não ajudou?) Mas não sei... Esses comentários maldosos, aquele cinismo malvado durante os momentos de crise. Não tenho certeza se gosto disso.* Vou ter então de ser direta com Ele: *Ei, Bambambam, cai na real. Quem deu ao mundo o Holocausto, a AIDS, o terrorismo mundial, a fome, os desastres ecológicos, o fanatismo, os genocídios, as guerras... devo continuar com a lista? Talvez devesse ser EU a julgar VOCÊ, e não o contrário. Então sai da frente desses portões perolados aí do Céu ou Inferno, qualquer que seja o caso, tanto faz. Me deixe ir até Laura. Não temos medo de Você.*

O Professor Jesuíta passa por mim. Puxa-saco.

O prato de biscoitos em minha mão me hipnotiza com redemoinhos de cores e texturas, granulados de arco-íris, raios de canela e poeira de açúcar; preciso levantar o olhar, porque os biscoitos estão me deixando tonta. Levanto os olhos do devaneio do prato, mas minha visão dos convidados ficou nublada e obscura. Meus olhos batem em Jim do outro lado da sala, e, nesse instante, não existe mais ninguém, aqui só nós dois. Naquele breve momento, nossos olhos se lembram de uma vida dividida com Laura, e vejo seu peito inchar de repente, tentando conter um soluço — ele que permaneceu rígido e gracioso durante a tarde, consolando todos aqueles que tentavam consolá-lo. É como eletricidade passando entre nós, porque sinto o inchaço no peito também, e as lágrimas se acumulam em meus olhos. O prato treme em meus dedos fracos, e preciso abaixar o olhar de novo, voltar para meu transe nos biscoitos, parar minha mão. Segurar mais esse momento significaria que nenhum de nós poderia ficar nesta sala, terminar esta reunião de luto.

Jim é provavelmente mais esquisito que eu, em minha opinião, mas Deus pode não notar. Eu tenho empatia. Sei como é ser Miles neste exato momento, uma freak chapada de açúcar e muito mais, no entanto me pergunto como esse momento deve ser para Jim também. Ele é um homem de 72 anos, que lutou pelos direitos civis, direitos das mulheres, direitos dos gays, mas que escolheu concentrar a parte final da vida em criar uma criança. Como será a parte final-final de sua vida agora? Como um filantrópico nascido com privilégios extremos porque seu bisavô inventou um utensílio ainda usado na maioria das residências do Primeiro Mundo, Jim usufruiu de sua riqueza e privilégios em propósitos egoístas relativamente modestos — uma casa enorme, viagens longas — ao mesmo tempo que escolheu direcionar a maior parte de seu tempo e dinheiro em ativismo, em sua terra natal. E agora ter uma vida de doação levando a este dia. Sua querida filha, seu maior comprometimento, levou embora o presente fundamental que ele lhe deu. A vida.

O devaneio com os biscoitos se quebra quando sou assombrada por um abraço da última pessoa de quem eu esperava — ou desejava — consolo.

— É como se não fosse verdade ou algo assim, sabe? — diz Bex, a melhor amiga de Laura na escola. Seus talentos estão no campo de hockey, rosnar e correr e golpear, então imagino que ela pode ser perdoada pela falta de articulação. Bex é a pessoa que me deu o apelido de "8 Mile" achando que eu não ficaria sabendo. Ela nem frequenta a mesma escola que eu. Ainda assim, o apelido se espalhou.

Nunca vou entender como uma garota como ela conseguiu ser convidada para cinco formaturas só este ano, nem entendo por que, no momento de reconhecimento mútuo do suicídio de nossa pessoa em comum, me ocorre esse pensamento em relação a Bex. Mas é verdade; ela nem é tão bonita, ainda assim seu brilhante sorriso branco, com bochechas rosadas e covinhas, sempre sai ganhando, apesar do cabelo e dos olhos castanhos sem graça, seu corpo de menino, de jogadora de hockey, sem curvas. Bex é uma garota que nunca entenderia o que é ter uma bunda 8 Mile, porque ela nem tem uma.

Eu me afasto de seus braços. Não quero essa menina me tocando, mesmo que ela amasse a Laura. Ela é a razão pela qual perdi os últimos anos de Laura; Bex e aquele que a segue, Jason, o ex-namorado de Laura. Pelo menos ele não vai tentar me tocar. O astro de futebol bonitão que acabou de terminar seu primeiro ano na Ivy League não vai se importar em consolar uma garota como eu, um peso pesado para sua classe de peso pena.

— Ei — cumprimenta ele. Jason é tão loiro e bonito, seria quase embriagante, não fosse a previsível aceitação casual do fato, como se essa aparência e esse privilégio fossem direitos naturais de qualquer garoto branco de Woodley Park, cujos pais são comentaristas da mídia política telegênica.

O que posso responder? *Ei, que noia o suicídio e tudo mais, né, cara?*

Laura nos pegou de surpresa quando terminou com Jason depois do Ano Novo. Agora eu entendo. Laura queria que Jason entendesse sua liberdade para poder seguir em frente. Depois.

Jason já percebeu o quanto eu e Laura somos parecidas? Subtraia uns doze números, alise meu cabelo e pinte de volta à cor natural, tire a maquiagem gótica e me dê um brilho fresco de garota capa de revista, e eu poderia ser Laura. Poderia ser eu a consolá-lo. Eu poderia me enrolar nele.

Mas é Bex quem salta nos braços de Jason, pressionando o rosto no peito magro. Como seria ser como ela, aberta ao toque, esperando que qualquer um pudesse querer isso dela? Ela aperta Jason com força. No abraço dos dois, percebo que logo sua dor pode se tornar algo mais profundo. Laura não se importaria. Eu me importo.

Mas não me falta um cavaleiro de armadura brilhante. Jamal me encontra novamente. Ele não é apenas meu melhor amigo, mas também um vidente; não percebo que estou seca de sede até que eu o vejo diante de mim, trazendo um copo grande de água.

— Achei que você precisava disso — avisa ele. Então me passa a água, e eu viro tudo. — Não foi você quem deu aula particular de matemática para minha irmã Niecy este ano? Acho que quase te encontrei várias vezes — pergunta a Bex. Niecy frequenta a mesma escola em que Bex e Laura acabaram de se formar. Jamal é um filhinho da mamãe; ele não teve dificuldades em frequentar a escola onde a mãe é diretora. Já Niecy queria seguir o próprio caminho, aquele com as meninas chiques.

Bex se solta dos braços de Jason e se vira para Jamal, avaliando-o. Como não admirar aquele terno preto e gravata azul-clara de seda (para Laura), os olhos caramelo e a pele lisa cor de cacau, ou o cabelo afro que ele domesticou em dez tranças pela cabeça, presas na nuca? Jamal deve estar no nível de Bex. Ela sorri, momentaneamente distraída da dor.

— Não me diga. Você é o irmão que explodiu todo o estado com aquela música estridente dos alto-falantes do quarto no sótão, fazendo com que fôssemos para a biblioteca para estudar em paz? Quero dizer, gosto do velho Chuck Brown e Rare Essence como todo mundo que cresceu por aqui, mas Niecy estava tentando aumentar as notas e você não ajudava.

— Você é Rebecca, certo? *Beleza!* — responde Jamal. Bex não tinha como saber que a maneira de Jamal de demonstrar que gosta de uma pessoa é falar com ela em fragmentos de músicas, de preferência do Parliament, sua banda de funk favorita de todos os tempos.

— Todo mundo me chama de Bex. *Ho!* — canta ela em resposta. Não esperava que uma garota como ela entendesse de Parliament.

Jamal não sai com meninas brancas. Por que deveria, argumenta ele, quando mora em Chocolate City, cercada a cada esquina pelos melhores sabores não baunilha?

Não posso mais vencer o Oxy, evitar o balanço se apoderando de meu corpo, tirando o equilíbrio, me levando a desmaiar no chão ou a um longo cochilo. Jamal percebe, me pega antes que eu desmaie. Sua mão pressiona a grande dobra de meu braço e me aquece.

— Vá para casa e durma para isso passar. — Ele se inclina para sussurrar em meu ouvido, e meu corpo coça todo novamente na expectativa de nossa troca íntima, longe dos ouvidos de Bex. — Isso está tão longe de ser legal hoje, Miles.

Quem é ele para julgar?

Eu espero que Jamal pegue minha mão e caminhe comigo até a casa de hóspedes, o que ele teria feito se nós tivéssemos passado a tarde pelo canal, dividindo um baseado. Em vez disso, sua mão me segura suavemente e me empurra para longe, para que eu recupere o equilíbrio. Sua atenção volta para Bex, sem negociação, sem retorno.

Adolescentes. Tão volúveis.

Ainda estou chapada, mas estou despencando.

Naquela Época

O JOGO ENTRE JAMAL E EU NOS ÚLTIMOS VERÕES FOI ESSE: A Grande Treta do Bolo.

Último dia de aula. Jamal terminou de assinar o anuário de todo mundo, e eu terminei de ficar pacientemente atrás dele enquanto ninguém me pedia para assinar.

Escolhemos uma confeitaria chique em uma vizinhança yuppie, como Dupont Circle ou Foggy Bottom. Corremos para lá depois que o sinal final tocou nossa liberdade de verão. Admiramos os quitutes nas vitrines, as tortas e os bolos, os recheios de creme e café, os bolos de mousse e rum e as bombas e bolos floresta negra, ai, meu Deus.

Com nossas bocas salivando de acordo, Jamal pede para falar com o gerente da loja. Ele explica que vamos nos casar na próxima semana. Escondidos, na verdade. Maryland fica a um pulo, certo? Não precisamos de Las Vegas. Chesapeake serve. Nós estamos... pausa quando Jamal sorri timidamente para minha generosa barriga enquanto arqueio minhas costas para trás a fim de projetar a protuberância ainda mais... formando uma família, e não queremos esperar para tornar essa futura família legal. Vamos contar a nossos pais quando voltarmos do juiz de paz. Claro, somos jovens, mas estamos loucos de amor. Imagine, vamos trazer um pedaço de bolo tão bom que nossos velhos vão ficar vidrados demais para ficar bravos com nosso pequeno acidente, que certamente vai trazer alegria a suas velhices. Mas... senhor ou senhora, pode nos ajudar aqui? Porque precisamos experimentar os bolos, mas não temos dinheiro para provar cada um. Vamos quebrar o cofrinho para comprar o definitivo, quando tivermos escolhido o bolo perfeito. Vai ser um grande momento. O bolo tem de ser "o" bolo. Nah, não temos um organizador chique de casamento para arrumar amostras de bolos... o quê, está brincando?

A atuação, é claro, é ridícula. Um mano delicioso, bonitão, escolhendo uma mina falsa gótica tamanho GG demais para formar um par? Só de brincadeira. Ainda assim, para a "peça do bolo", a atuação funciona. Com qualquer outro, seríamos chutados do estabelecimento após o primeiro sorrisinho sem vergonha. Mas Jamal, ele consegue fazer isso. Ninguém simula um rosto tão honesto com um sorriso açucarado. Ele nunca deixa de ser sincero, mesmo quando interpreta. Ele faz com o coração.

Os pais de Jamal o criaram a vida toda para seguir seus passos: entrar na mesma faculdade do pai, Morehouse College em Atlanta, a escola para homens da elite negra (a mãe foi para o colégio de moças, Spelman, na outra costa), depois de volta para D.C. e para uma carreira em direito e política. Acho que eles acorrentaram Jamal aos planos errados. Jamal deveria iluminar os palcos e as telas, longe de casa. Mas gosto mais do esquema de seus pais. Significa que ele vai ter de voltar para D.C. e para mim. Não vou sair daqui.

Pegamos nossos bolos e os comemos.

Depois da farra da confeitaria chique, vamos ao supermercado local, Giant Food, para celebrar o golpe. Jamal me puxa em uma dança lenta na fila de freezers antes de me abaixar, apertando minhas costas com uma das mãos enquanto abre o freezer com a outra.

Fico desconfortável com qualquer um tocando meus rolos de carne, então, geralmente, não danço. Só com Jamal. Em especial, por mais bolo.

— Minha dama — canta Jamal em meu ouvido.

— Meu bom senhor— respondo no dele. — Outro ano, outra dança. Que sejas para-funk-benizado.

Segurada por ele eu olho dentro do freezer. Escolho o tipo de bolo genérico que Laura e eu sempre preferimos em nossos aniversários, chocolate com cobertura de suspiro e um rosto plástico de palhaço enfiado no meio. Jamal e eu tentamos trazer o bolo para Laura, para comer dentro da casa da árvore. Nós o atacamos com os garfos, sem nos importar com fatias. Vamos comer pelas beiradas, as partes com mais cobertura, até que sobre apenas uma carcaça do bolo e o palhaço maníaco no meio.

Talvez a gente divida um baseado depois.

A treta anual de bolos anuncia o verão. Laura logo vai partir para as férias com Jim. Jamal vai a algum programa de preparação pré-faculdade que seus pais escolheram. Eu vou passar o verão fumando e lendo livros e sentindo sua falta mesmo quando estiverem lá comigo.

Eles me serviram a sobremesa antes de a solidão me engolir.

Esse ano não há último dia de aula. Nenhum jogo. Nenhum bolo. Não há Laura esperando eu voltar para casa.

Credo Cinza Francês

Eu provavelmente deveria morar na França, onde acho que é socialmente aceito usar preto e fumar um cigarro atrás do outro. Vou ter de passar fome alguns meses antes de ir. Acho que eles não gostam de gente gorda ou de americanos. Mas posso perder peso e fingir ser canadense. Vou passar bem na França, *mais oui*, e *eh*? Vou fumar em vez de comer belos pães, e vou beber horrores de café. Uma hora vou acabar com tantas toxinas no corpo que não vou conseguir sentir nada. Isso é ok na França.

Tenho minha própria França particular no canto sombreado do jardim atrás da casa de Jim. Aqui posso me sentar em um banco de madeira sob um carvalho gigante com grandes galhos verdes, protegida pela casa da árvore sobre minha cabeça. Posso fumar quanto meu coração desejar, encher os pulmões de alcatrão, rechear o corpo com nicotina. Posso fingir que estou sentada do lado de fora do Louvre ou de

Versailles ou de qualquer um desses famosos lugares franceses com jardins luxuosos, caros, e onde as pessoas podem fumar em público sem a Gestapo anti-fumo aparecer para acabar com a paz. Aqui, em meu próprio jardim, posso ficar um mundo longe de D.C., esperando para encontrar Laura, para trocar fumadas secretas na casa da árvore, para falar sobre a primeira menstruação, sobre garotos de quem estamos a fim, o tirânico sistema de hierarquia social do playground da escola.

O jardim atrás da grande casa de Jim não rivaliza com os famosos jardins em Dumbarton Oaks, a histórica propriedade próxima que celebra um casamento real da arquitetura com a paisagem de Georgetown. O jardim aqui é mais casual que sereno, interessante em vez de espantoso. No extenso e longo pátio entre a casa principal e a casa de hóspedes, há fontes com esculturas em mármore, rosas e magnólias desabrochando, matagais subindo aleatoriamente pelas cercas, uma piscina com um mosaico bem no fundo perto de minha casa e, sob as grades, grandes árvores que separam o jardim da rua, mas não há método na loucura. É como se nenhum pensamento ou planejamento verdadeiro participasse dessa beleza exuberante — as coisas foram apenas colocadas lá, e a natureza e D.C. fizeram o resto.

Gosto daqui. Provavelmente é melhor que na França. Ninguém se importa, ou fala comigo em uma língua estrangeira, e não tenho de fingir gostar de hockey no gelo.

As cores vibrantes do jardim — amarelo das margaridas, azul das violetas, rosa das fúcsias — parecem ter derretido em uma cor turva no dia de hoje. Cinza. Tudo parece igual.

Eu costumava poder me sentar aqui e quase sentir o gosto do verde profundo das árvores e da grama do clima de pântano. Esta manhã o jardim perdeu o gosto, a cor. Não saboreio nem o cigarro que estou fumando. Respiro o alcatrão, trago a fumaça, sinto só o gosto do cinza.

A umidade me lembra que não estou na França. O ar de verão está pesado e preguiçoso, como eu. Cachos caem em meu rosto molhado. Desfiz as tranças essa manhã, uma semana após o funeral. Lavei meu cabelo, mas a longa crina crespa vai levar horas para secar no ar úmido de D.C. Acho que tenho pelo menos metade de um maço de cigarros para fumar antes que meu cabelo seque e Jamal passe para caminhar comigo até o trabalho. Acendo outro cigarro e volto para o livro — *Irmandade de Espiãs: As Mulheres da OSS*, sobre agentes secretas femininas durante a Segunda Guerra Mundial. Quando éramos pequenas, Espiãs da Segunda Guerra era um de nossos jogos favoritos na casa da árvore.

— Se importa se eu me juntar a você?

Estou tão perdida nas nuvens de fumaça e nas páginas cinzentas que não percebi Jim se aproximando de minha varanda do cigarro. Abaixo o livro e vejo que ele também parece cinzento, não somente por causa do moletom cinza e da pólo cinza que veste, ou do cabelo grisalho e das sobrancelhas que já foram de um loiro-ferrugem, bem antes de Laura mudar o espectro de cores de sua vida.

Ele faz uma pergunta simples que, apesar disso, me soa curiosa. Desde que comecei a escola, é como se houvesse esse entendimento implícito entre Jim e eu para não começarmos uma conversa. Não sei como isso aconteceu. Apenas aconteceu. E agora, de forma completamente casual, como se meus anos de adolescente tivessem passado quase sem uma palavra entre nós: *Se importa se eu me juntar a você?*

Codinome Cynthia é uma espiã, com um namorado dentro da embaixada francesa, que espera pela oportunidade de roubar segredos do cofre da embaixada da França ocupada. Que seja.

— Claro — respondo. Ele é dono do jardim, afinal. O que posso dizer? *Cai fora, meu livro está em uma parte bem boa?*

— Tem um cigarro para me dar? — Eu o encaro com suspeita, e ele acrescenta: — Acho que, devido às circunstâncias, posso ser perdoado por voltar a fumar. E não fique tão preocupada. Você não será a responsável por minha recaída. Recomecei na semana passada, mas os meus acabaram ontem, quando não consegui dormir. Não tive uma chance de reabastecer. Apenas alguns dias depois de voltar a fumar, e a necessidade de nicotina já se restabeleceu. Credo, o preço dos cigarros aumentou desde que fumei pela última vez!

Credo. Que palavra de bicha, acho. Não gay, mas estranha; uma palavra que não tem sentido agora, uma palavra antiquada de uma era antiquada, do tempo da Codinome Cynthia, tão antiquada quando a palavra "antiquada".

Abro a caixa de Marlboro e a sacudo, estendendo um cigarro para Jim. Ele se senta a meu lado no banco e o acende. Acho que me lembrava dele como um fumante de Virginia Slims. Fumantes recorrentes raramente são fiéis a uma marca. Mas vejo que Jim ressuscitou o velho isqueiro de prata da Tiffany com suas iniciais gravadas, um presente de um parceiro de muitos anos antes, de quando casais homossexuais tinham de ficar no armário, mas fumar feito louco em aviões lotados e em cinemas era totalmente livre, até encorajado. Fumar por tabela era claramente menos perigoso que dois homens trocando um beijo em local público, nos tempos de credos antiquados.

Fumamos juntos em silêncio. Tenho certeza de que ele está aqui para tocar no assunto inevitável: minha partida da propriedade. Mel me prometeu antes de partir para a Inglaterra: *Miles, se os acontecimentos recentes te ensinaram algo, deveria ser que agora é hora de você tomar as rédeas de sua vida. Pare de fumar, já, e pare de tratar seu corpo como uma lixeira de guloseimas. Você tem quase 18 anos. Está crescida, quase uma adulta e, sem Laura, com certeza você percebe que não podemos ficar aqui com Jim para sempre. Meu coração está partido. Talvez agora seja a hora de eu considerar seriamente uma mudança para a Inglaterra, com Paul. Você tem o verão para começar a pensar sobre o que quer fazer depois de terminar a escola. Temos de seguir em frente e ser independentes, acho. Certo, querida?*

Quando Jim finalmente fala, cerca de meio cigarro depois, é para perguntar:

— Não está com calor usando todo esse preto nesta temperatura? Deve estar uns 40 graus, com noventa por cento de umidade. — Esse tipo de pergunta é o motivo pelo qual evito conversar com ele. Jim está me julgando, e suspeito de que seu veredito sobre mim seja sempre o mesmo: bagaceira. Suada e parecendo um balão, não sabe se vestir direito.

— Estou bem — respondo. Essas palavras se tornaram, tipo, um mantra que sai de minha boca. Aviso de tempestade do Centro Meteorológico AccuMiles: o furacão de categoria cinco caiu para uma tempestade tropical em algum momento entre a cerimônia de funeral e a partida da Mel. Nuvens baixas ainda passam sobre mim quando durmo, *se* eu durmo, nublando meus olhos e mandando arrepios pelo corpo solitário na cama à noite, mas a ira de escala intensa continua longe da costa. Mas ainda é começo de temporada.

Tenho o saco de guloseimas deixado por Laura para me anestesiar enquanto isso. Meio remédio me coloca em repouso, mas metade não é o suficiente para que eu não consiga acordar de manhã. Perfeito.

Só tomo um Perc ou um Oxy inteiro em ocasiões especiais, como os bons tempos com Laura, ou após suicídios e durante funerais. Posso parar a qualquer hora. Isso não significa que não precise de uma metade genérica à noite, quando não consigo dormir.

Quero distrair Jim de minha iminente mudança, então minha pergunta para ele é essa:

— Você não vai viajar neste verão?

Gente rica não permanece nos verões de D.C. Eles vão para Martha's Vineyard ou Nantucket, os Outer Banks da Carolina do Norte, pequenas ilhas da Geórgia ou para a verdadeira França.

Jim inspira, traga.

— Não tenho cabeça para viajar agora.

No silêncio retomado, a verdadeira pergunta permanece no ar pesado entre nós: *Como vamos conseguir atravessar esse verão sem ela?*

Em minha infância, o verão *era* Laura. O verão era o acampamento noturno com beliches compartilhados, as viagens a

Chesapeake, as visitas ao zoológico, os passeios de montanha-russa, o mini-golf e o sorvete de casquinha. No verão, eu tinha Laura só para mim. Nós éramos nossa unidade, separadas das amigas de escola dela — e de minha falta de amigas.

Jim termina o cigarro, então o joga no chão e o pisa com o sapato. Pego a bituca descartada e puxo o cinzeiro de vidro atrás de mim, já cheio de meia dúzia de bitucas da manhã. Acrescento o cigarro descartado à pilha do cinzeiro.

— Não precisa jogar lixo neste lugar tão lindo — brigo.

Ele ri, o que é um alívio. As palavras saem rápido demais de minha boca. Preciso me policiar para pensar antes de soltar comentários para alguém que pode determinar por quanto tempo vou ter um teto sobre a cabeça.

Laura costumava fazê-lo rir, reencenando trechos dos principais filmes antigos de Jim, pavoneando ao redor da sala de jogos, como Rita Hayworth, ou jogando balões de água no pai quando estava aqui no jardim, fumando escondido, apesar da promessa que fizera à filha, ainda criança, de parar. Eu nunca poderia preencher seu vazio.

Mais que esperar que Jim não tenha vindo até ali para anunciar meu despejo, espero que ele não queira conversar comigo sobre Laura. Não estou pronta para lidar com isso. Por enquanto, tudo o que posso fazer é seguir em frente. Fumar. Comer.

— Seu pai já chegou? — pergunta Jim.

— Não. Buddy sempre promete que vai chegar aqui antes de Mel partir, mas nunca chega. Mas você sabe que fico bem sozinha.

— Sei?

A chegada antecipada de Jamal me salva de ter de responder à pergunta de Jim. Jamal jamais falha quando preciso.

A chegada de Jamal pode ser ouvida antes que possa vê-lo, parado na porta da casa de hóspedes. Ele tem fones de ouvido enormes na cabeça, apesar do topete alto do novo cabelo afro sem tranças os esconder. Seu player deve estar na potência máxima, pois podemos ouvi-lo tão distintamente da varanda do jardim a alguns metros. Hip-hop das antigas encontra musical da Broadway nos fones de Jamal, com alguns rappers falando sobre como a vida é dura.

Se não fosse Jamal, eu provavelmente não conheceria ou não reconheceria nenhuma forma de música pop — outro sinal de que sou uma freak e uma desgraça como adolescente. Escuto música com Jamal, mas raramente sozinha. As palavras são melhor vivenciadas pela visão, não pela audição. O que há para ouvir? Parece que a maioria das músicas é sobre amor — desejar, encontrar, perder —, tudo sem sentido e irrelevante para uma ouvinte acima do peso, que nunca foi beijada nem teve um namorado. A mensagem musical é a mesma daqueles livros de Jane Austen que odeio e me recuso até a tocar para vender na livraria. Por que aquela menina velha teve de começar uma mitologia literária de Arrume um Homem afinal? Tédio, tédio, tédio, perda de tempo. Prefiro absorver o vazio de Burroughs ou Bukowski, ou até a inteligência sofisticada e sarcástica de Dorothy Parker, do que me engasgar nas falsas promessas de Austen e seus descendentes.

A lição fundamental do Guia da Gorda para Sobreviver à Cultura Pop, além da óbvia — nunca abra uma revista de moda/beleza dedicada aos princípios de Odeie Seu Corpo,

Mas Aprenda a Agradar Seu Homem —, é evitar os livros para mocinhas de Jane Austen e todos os filmes que seus livros inspiraram. Pense nisso. Na vida real, homens que se parecem com Hugh Grant e Colin Firth não caem na porrada por uma "gordinha" (que nem é gorda de fato). Gostosões que usam bermudas podem eventualmente querer uma garota interessante, mas só se ela for um palito, tipo Gwyneth. Eu bani completamente esses livros e seus filmes de minha vida. Não gosto que mintam para mim.

— Acho melhor eu ir — digo a Jim. Pego um cigarro do maço para o caminho até a livraria, e passo o resto para ele. Posso me dar o luxo de ser generosa; tenho um pacote no quarto e um emprego de meio-período em uma livraria para pagar pelo abastecimento. Coloco o cigarro que peguei na boca, esperando que Jim o acenda para mim com o isqueiro "antiquado", mas ele só fica olhando para mim, perdido; ou melhor, através de mim. Ele também deve ver cinza esses dias.

— Obrigado — agradece. — Tem alguma coisa de que você precise?

— Estou bem — repito.

— Bem, se precisar de qualquer coisa... — Eu quase, *quase* termino a frase para ele, instintivamente me lembrando do que ele sempre dizia para Laura em vez de "adeus", mas desta vez consigo controlar minha boca e Jim fala as palavras ele mesmo.

— Você sabe onde me achar.

Acendo meu próprio cigarro. Fósforos.

— Obrigada — digo. Me afasto e vou em direção a Jamal. Não vou olhar para trás.

Virginia para Quem Tem Ódio no Coração

JAMAL ACHA QUE EU DEVERIA DAR UM PERDIDO NO TRA-
balho e me aventurar com ele. Podíamos fazer como George e Martha Washington e ficar pela Old Town Alexandria, vagar pelas galerias de arte e lojas de discos, falar naquele Código Antigo dos Manos que apenas nós dois entendemos. *Sim, Mina Miles, ouça o que digo, sua fuça tá em perigo com esse traseiro interplanetário do funk que você rebola pelos becos. Pois, Mestre Jamal, é preciso ser do funk para achar meu traseiro do funk. Se pá tu anda se afundando no mé?*

O orgulho da mamãe vai para a mesma faculdade do papai no outono, então eu deveria aproveitar a oportunidade de passar um tempo com Jamal antes que ele parta para Morehouse, em Atlanta. Mas Jamal deve estar fumando algum troço estranho para não se lembrar de que não dou a mínima para Alexandria, nem mesmo com nossos códigos particulares.

Odeio Virginia. Principalmente por razões vagas, tipo, o estado inteiro me *atazanar*, mas por outras mais específicas também. Há essa associação do outro lado do rio com D.C., que o subjuga através do Potomac, protege o Pentágono e a CIA e abriga hordas de residentes transitórios, que vêm de outros lugares para trabalhar em D.C., congestionando as estradas e gerando a necessidade de criar mercados enormes e superlojas. Juro, toda Virginia do Norte é um grande engarrafamento para a IKEA. E não vamos esquecer, Virginia é de onde veio o General Lee. Lembra-se dele? O general que tentou salvar a Confederação para que a bela instituição da escravidão pudesse ser mantida?

— Não — respondo a Jamal, enquanto ele fica parado a meu lado e eu destranco a porta da frente da loja Era Uma Vez. — Me inclua fora dessa.

Eu tenho princípios.

Mesmo se quisesse, não poderia faltar ao trabalho. A porta da frente da loja foi pichada de ontem para hoje, o que adornou a porta cor de noz com uma insígnia preta e roxa que não entendo. Estou menos irritada e mais fascinada com o fato de ter de passar a primeira parte da tarde de trabalho limpando a porta quando, de outra forma, eu ficaria perdida dentro de um dos livros da loja.

Não me importaria em ser uma pichadora envolta em uma revolução secreta deflagrada por meio de símbolos e significados ocultos. Se conseguisse decifrar o código do grafite o suficiente para uma comunicação rudimentar, eu iria responder aos "vândalos" com outra mensagem em tinta preta na porta da loja: *Considere esta loja seu reino seguro.* 8

Mile quer fazer raps com você. Não vai chamar a polícia para te pegar. Respeita teu caminho na arte. Gostaria de aprender sua linguagem secreta. Alguém topa?

— Sabe quem fez isso? — pergunto a Jamal, apontando para a pichação.

— Isso mesmo, pergunte ao mano aqui, ele com certeza conhece todos os moreninhos que colorem a antiga Georgetown com pichações.

— Há-há. Sério, conhece? Porque eu gostaria de conhecer essa gente. Não acha que eles são, tipo, artistas-ninjas? Ande pelos túneis do metrô, olhe pela janela quando você passa por uma ponte, e o que você vê? Pichação. Quem é essa gente que faz isso? Quando? Já os viu? Como eles conseguem entrar nesses lugares obscuros, que devem exigir escaladas perigosas e malabarismos para conseguir o ponto perfeito para pichar? Não quer saber?

— Não me importa muito, e você está fugindo do assunto. — Entramos na loja, Jamal liga a luz enquanto eu vou para o armário de limpeza atrás da caixa registradora. — Mina Miles, sei por experiência própria que você pode ser persuadida a deixar este lugar e vivenciar o mundo comigo hoje. Então o que é necessário para que diga sim?

Não tenho a intenção de dizer sim; o dia está muito cinzento, apesar do sol amarelo e quente filtrado pelas persianas. Mas estou curiosa mesmo assim.

— Por que quer que eu falte ao trabalho? Arrumou um beque do bom?

— Não. E eu lá preciso arrumar beque do bom para ter uma desculpa para levar você em uma aventura? — Ele sorri para mim, com grandes dentes brancos em uma enorme boca vermelha de pura doçura. Quase perco o fôlego com a visão quando seus olhos castanhos encontram os meus. Se ele saísse com meninas brancas e eu não fosse uma gorda, provavelmente me apaixonaria por esse menino.

— Você sabe que não é verdade. É que desde que... você sabe... não tenho vontade de ir a lugar algum. — Nunca tenho vontade de ir a lugar algum, na verdade, mas historicamente tenho estado aberta a exceções, se envolver passar algum tempo com Jamal.

Jamal salta sobre o balcão para ficar a meu lado.

— Essa é a questão — diz ele, animado. — Aquela Bex, ela também se sente assim. Então achei que a gente podia sair todos juntos e ir para algum lugar...

— O que quer dizer com 'aquela Bex'? Que foi, são amiguinhos agora?

— Talvez estejamos nos tornando. Gosto dela. É bacana.

— Não, ela não é bacana. Sabe quem é o pai dela?

— Não sei. E não vou tomar isso contra ela. Não é culpa de Bex.

Como ele tem a mente aberta. A mãe é a principal defensora da campanha de D.C., e, ainda assim, ele escolhe potencialmente se aliar à filha de um dos maiores inimigos do distrito. Vamos chamá-lo de Congressista Velho Branquelo de Sempre. O cara serve na Casa desde bem antes de Bex nascer. Duvido que ela até saiba como é seu estado natal, tirando pequenas viagens para sair nas fotos durante os anos de eleição. Ele recusa regularmente as ofertas do partido para tentar o Senado, por que ele iria arriscar sua posição? A promoção na verdade seria mais um rebaixamento, já que ele teria de começar tudo de novo do outro lado do Capitólio. O Congressista Branquelo tem sido representante há tanto tempo que é uma instituição na Casa, com influência em todos os comitês importantes. E ele usa repetidamente essa influência para demover D.C., ano após ano, depois de se certificar de que qualquer legislação visando à autonomia da cidade que ele chama de lar jamais saia do comitê, muito menos do piso do Congresso, e seja votada para valer.

Como se o fato do Colégio Eleitoral que decide nossa mais importante eleição, independentemente do voto popular, não fosse evidência suficiente das frágeis conexões de nossos antepassados (aquela tripulação da Filadélfia de Velhos Brancos de Sempre) com o conceito de justiça, o assunto de D.C. como estado prova que não há mesmo justiça neste país. A população de D.C. é maior que a de Vermont, a do Alasca, a de Dakota do Norte e a de Dakota do Sul. Ainda assim, cada um desses estados tem dois senadores e um punhado de congressistas para representá-los. D.C. não tem nada além de um representante simbólico no Congresso, cujo voto não significa nada. Eu aprecio o direito ao porte de armas e que os cidadãos, amantes da liberdade, de Dakota do Sul sejam representados no Congresso, verdade — mas os moradores de D.C. não deveriam ter o mesmo privilégio? O tio Sam recebe nossos impostos da mesma forma que os dos outros estados. Mas suspeito de que os Velhos Branquelos de Sempre, que têm comandado o mundo desde a época de Cristo, não iriam querer que D.C., com sua população de maioria negra, tenha um voto justo nas importantes decisões da nação. A injustiça é que o princípio mais não americano é legal na cidade federal de D.C.: cobrar impostos sem oferecer representação.

Posso ter tirado C- em Governo Americano no semestre passado, mas isso não significa que eu não saiba ou não me importe em saber como funciona nosso sistema. Apenas não sinto a necessidade de escrever certinho, pontuado... relatórios: sobre; isso. Para mim, pedir que alguém nascido e criado em D.C. estude sobre o Governo Americano é como pedir a um gordo para entrar em uma agência matrimonial. Por que se importar se você vai ser ignorado de qualquer forma?

— Esse é um de seus ódios idiotas por Virginia? Por que não temos de ir pra Alexandria. Não foi uma boa ideia — argumenta Jamal.

— É uma coisa de D.C.

— Isso dito pela garota que nem tira carteira de motorista em D.C.?

— Sou uma ambientalista. Ando de ônibus.

— Então por que você não tira pelo menos a carteira oficial de D.C.? — Começo a responder, mas Jamal estende a mão para me impedir. — Eu sei, eu sei, você não vai ser subjugada pelo governo enquanto a escravidão de D.C. pelo governo federal persistir. Já ouvi esse papo. — Ele olha para mim novamente, tentando descobrir por que não me convenço a faltar um dia no trabalho. Quando seus olhos brilham, sei que ele sabe. Ele soltou uma palavra pior que *Virginia*. — Laura não usou o pai da Bex para implicar com ela. Por que você está fazendo isso?

8 Mile tem de ser honesta.

— Só não vou com a cara dela.

Se Mel estivesse aqui, ela iria jogar suas mãos para cima, suspirar frustrada e me lançar um olhar fixo, mas Jamal apenas ri e me puxa para ele.

— Se pá você precisa de melhorar essa marra. Senhorita Miles, minha maninha extraterrestre ranzinza do topo do mastro da nave espacial, há alguém ou algo que você não odeie?

Você.

— Gosto de chocolate. — Pego embaixo do balcão minha barra de energia. Ofereço a caixa de Snickers para Jamal.

Ele balança a cabeça.

— Não. Vou achar aquela Bex e levá-la para uma aventura na verdadeira Cidade do Chocolate. Não preciso de Snickers quando podemos arrumar um doce de verdade em algum lugar aí do mundo. Então fique aí limpando a pichação e lendo livros, porque isso parece bem melhor que minha proposta. — Ele olha em volta da loja decadente, cheia de livros e revistas; toda palavras, toda caos. — Por que você se importa em tentar manter essa loja ou aparecer aqui? Já reparou que ela não tem clientes?

Exatamente.

Ele segura o telefone nas costas para eu ver ao sair pela porta.

— Dá um toque se mudar de ideia.

Estou sozinha de novo, mas posso sentir a presença de Laura na loja, me guiando. Vou limpar a pichação mais tarde. Deixe os vizinhos aproveitarem um pouco a arte da porta antes que desapareça. Certamente os yuppies moderninhos e os velhos reacionários ricos vão apreciar a expressão de arte urbana que dignifica a vista das janelas de suas casas chiques.

Caminho para a seção de não ficção em vez de limpar. Olho as gôndolas, procurando a seleção de leitura de hoje. Acho na prateleira de História Americana. A Guerra Fria. A Grande Depressão. Palavras e eras para a vida.

Sem Sono Na Não França

COM TANTOS REMÉDIOS, MEU CORPO VAI DESENVOLVER uma tolerância, então esta abobalhada decidiu segurar a onda. Insônia, você é minha. Eu te abraço. Eu te aceito. Vou fumar ao longo de você.

— Você de novo — diz Jim. Ele deveria se candidatar a primeiro cidadão sênior artista ninja de pichação, de tão furtivo nos movimentos. Não o vi ou ouvi se aproximar do espaço obscurecido pela noite, no banco sob a casa da árvore. As cigarras cantando e os vaga-lumes iluminando a noite negra são mais perceptíveis. Eu certamente não esperava por ele. Posso não ser capaz de vê-lo, a não ser pelo luar filtrado pelo carvalho.

Ele se senta a meu lado.

— Não consegue dormir? — Acende um cigarro. Voltou aos Virginia Slims.

— É. — Coloco o cinzeiro entre nós e pego um Marlboro fresco para pôr na boca. Melhor que Snickers, esses cigarros.

Exagerar no cigarro só leva a câncer e doenças do pulmão. Ninguém pode ver doenças internas como veem a obesidade.

— Eu também.

Porque agora é real. Laura não vai voltar. Essa não foi uma piada cruel. É um fato. Ela está morta. Podemos achar que conseguimos vê-la chegando do portão da frente, loira e animada no frio de inverno, um cachecol de cashmere azul-bebê na cabeça, como se estivesse enrolada no abraço forte de Jason; podemos esperar que seja sua voz rindo do outro lado quando atendermos ao telefone, pedindo indicações para o ponto de metrô mais próximo, porque ela se perdeu de novo; e podemos rezar por uma nova versão dos acontecimentos recentes — a ambulância chegou mais cedo, a lavagem estomacal tirou aqueles comprimidos de seu corpo antes que fosse tarde demais. Mas sabemos a diferença agora.

Tudo o que temos é nada.

Um cigarro apagado fica pendurado em minha boca. Vejo o isqueiro na mão de Jim e paro, pensando que ele vai me oferecer fogo. Ele não oferece. Como sempre, estou sozinha.

— Você devia mesmo tentar parar de fumar — aconselha Jim. *Você também, amigo. E não voltar dessa vez.* Ele cruza uma perna sobre a outra, traga novamente. — Você é tão jovem. Se não pela saúde, pense no dinheiro que vai economizar. É melhor gastá-lo em outra coisa.

Tipo pagar o aluguel em outro lugar?

Cruzo uma perna sobre a outra também, mas não fico elegante em meu pijama de algodão como Jim fica no de seda. Ele olha para meus Chucks.

— Tem algo escrito com caneta fosforescente nos seus tênis? — pergunta.

Jamal pintou as palavras "Mana Miles" nas partes de lona de meus tênis, minha pichação personalizada, mas mantenho as pontas de borracha para mim mesma, para palavras escritas em tinta invisível de espião, que só é visível no escuro. Jim é tão velho e cego que nunca conseguiria decifrar o que escrevi: *O que há de errado comigo!*

— Só garranchos — respondo.

— Garranchos — ecoa ele, rindo. — Que palavra típica de Miles. Quando você era pequena, costumava inventar as histórias e palavras mais engraçadas. Ainda faz isso?

Yessssuh-fo'sho.

— Não.

— Deveria. Sempre achei que você seria uma escritora quando crescesse. A Dra. Turner me diz que você é bem talentosa. Apesar de, aparentemente, sua professora de inglês achar que você... Não consigo me lembrar... qual era exatamente a queixa?

— De acordo com minha professora de inglês, não apenas entrego o trabalho com atraso e gramaticalmente incorreto, mas também "desperdiço meu talento com sarcasmo'" Ela apenas ficou brava porque não vi o simbolismo que ela queria que eu visse na literatura afro-americana do século XX. Ela achou que meu ensaio "Gorda Como Eu" tirava sarro da proposta.

— Tirava?

— Meio que sim.

Ele ri novamente.

— Ela disse que eu devia ter passado mais tempo discutindo os livros escritos por autores negros em vez de basear meu ensaio em um livro escrito por um cara branco, que saiu por aí disfarçado de negro para entender o racismo. Se quer saber, a crítica da professora era sua própria forma de racismo inverso. — Me pergunto a que aventura Jamal levou aquela Bex hoje. Eu pergunto a Jim: — Você sabe que quando o pai de Bex era um jovem senador do estado, ele apoiou uma medida pedindo que *O Homem Invisível*, de Ralph Ellison, fosse banido das leituras do ensino médio?

— Me lembro, agora que mencionou. Aonde quer chegar?

— A lugar algum, sério. Só acho irônico que eu receba um C- em um trabalho onde expresso de maneira legítima minhas opiniões sobre uma obra literária, quando me dediquei a ler o livro e pensar sobre ele, e aquele cara tenta banir as grandes obras de arte e se tornou um dos membros mais poderosos do Congresso.

Jim ri novamente. Quem diria que sou tão engraçada?

— Bom argumento. Mas, para ser justo, o pai de Bex abrandou com os anos. Ele pode parecer bem inclinado à direita, mas eu o considero um dos bons caras que sobraram na Casa. Um verdadeiro cavalheiro, mais centro-direita do que ele gostaria que seu eleitorado, ou partido, soubesse.

— Ele vota contra o aborto e o casamento gay. É inimigo da autonomia de D.C. Como pode dizer isso?

— Não é assim tão preto ou branco. Ele pode expressar uma opinião publicamente só para fazer outras coisas em portas fechadas. O progresso leva tempo e paciência. Ele escolhe suas batalhas. Sabia que foi um telefonema dele que liberou a permissão de que eu precisava para conseguir que o velho prédio da Q Street fosse relocado e convertido na escola LGBT? Sabia que ele é o principal defensor de seu partido a ajudar as nações do Terceiro Mundo, ajudando a combater a AIDS, fome e pobreza? Ele se certifica de que esses fundos estão assegurados quando outros gostariam de passá-los para defesa. Nem todos os conservadores são bichos-papões, Miles. E olha a filha que ele gerou. Há esperança para o cara.

Essa gente do copo meio cheio. Odeio. ACORDEM!

— Não concordo. — Não sei por que de repente eu tenho tanto a dizer. Deve ser a falta de fortalecimento farmacêutico em minha circulação durante a noite que desligou meu botão de mudo. Ou talvez seja apenas pensar naquele congressista branquelo que fez meu sangue ferver. Ele é tudo o que há de errado nos Estados Unidos. Ele tem aquele broche de bandeira americana GO TEAM RÁ RÁ RÁ na lapela do terno, o mesmo velho branquelo que discursa sobre liberdade e autoriza o Pentágono a saquear outras nações em nome da "democracia". Ele é o cara que teve de gerar aquela idiota da Bex, que levou Jamal embora hoje.

Ou a questão é que Jim e eu estamos rondando o que — e quem — está realmente em nossa cabeça.

Jim pegou o segundo cigarro. Ele sabe como me atingir.

— Por que não concorda? Acha mesmo que há tanta diferença entre liberais e conservadores? No final, não acha que todos queremos a mesma coisa: paz e prosperidade?

— Aí está a diferença. Não estou tentando mudá-los. Só estou dizendo saia da minha aba e não me diga com quem eu posso ou não posso me casar.

Aparentemente, não sou apenas divertida, sou hilária pra cacete. Jim gargalha, o que é provavelmente a primeira risada de verdade desde que Laura nos deixou.

— Miles! Claro que você é uma escritora!

Não entendi a piada.

— Não sou. Não tenho nada sobre o que escrever.

— Claro que não tem — concorda, diminuindo a risada. Sua voz se torna solene. — Você não tem opiniões que queira expressar, nenhum sentimento que queira dividir, não se importa com nada no mundo.

Ele deve andar conversando com minha mãe.

— Isso mesmo! — exclamo.

— Ok — diz ele.

Continuamos a fumar em silêncio, e as cigarras preenchem o vazio de nossa conversa. Jim apaga o cigarro número dois e vai para o número três. Antes de acender, se vira para mim, como se tivesse algo a dizer, e, então, pensa melhor. Acende o cigarro, traga, solta. Está na metade antes de finalmente falar, em tom baixo, mas firme:

— Você entende que ela estava doente? Que ela tinha toda fonte de ajuda possível disponível, mas seu estado mental era tal que ela estava determinada a ir adiante, não importa o que nós fizéssemos para tentar ajudá-la?

— Sim. — Eu engasgo um pouco ao tragar. Só que não entendo, na verdade. Acho que ele está me falando que Laura estava se tratando; eu não entendo como ela nunca me disse que a dor era tão grande assim. As cigarras sussurram seu encorajamento para mim. — Sinto muito — murmuro. *Sinto pela sua perda, minha perda, sinto muito que eu não soubesse, não ajudei, não a ajudei a tempo. Sinto muito não entender como continuar a não ser ficar aqui sentada assim, fumando e sofrendo. Sinto muito não saber nem como continuar.*

Minhas palavras mal são audíveis por sobre o ruído das cigarras. Mas foram ditas.

Eu me afasto alguns centímetros de Jim no banco. Não são necessários abraços ou olhares de confirmação para encerrar o momento. Vamos apenas acreditar no sentimento, aqui no escuro, onde não podemos vê-lo.

Projeto Cessão de Direitos

Jamal não é especial por suas qualidades superficiais — sua beleza e talento como artista. Ele é especial pelo coração aberto. Ele não discrimina com base na cor, tamanho, sexualidade ou esquisitice; ele é amigo de todos que querem ser seus amigos. Acho que isso explica por que ele consegue tolerar uma tarde de sexta no cinema com uma branquela magricela, cujo pai se empenha em escravizar D.C., em vez de curtir uma caminhada noturna ao redor do Lincoln Memorial comigo, perguntando se o Sr. Lincoln realmente tomou a decisão certa ao manter os Estados Unidos intactos. Uma vez que eles não estão mais tão unidos, talvez a separação fosse uma opção melhor.

Pelo menos sei onde encontrar Jim. Duas almas perdidas, com nada mais a fazer que não sentir dor e fumar, com nada em comum além de uma pessoa morta, estão se tornando jogadores frequentes no jogo Meia-Noite no Jardim da Conversa e do Fumo.

Insones Uni-vos! E Debatam! As conversas que consomem um pacote inteiro de cigarros com Jim nas últimas noites resultaram na seguinte revelação: em qualquer medida, sou uma garota de sorte. Nasci com uma cor de pele privilegiada, cresci sem ser física ou emocionalmente abusada (ele evita a questão da ausência de Mel). Vivo em uma sociedade livre e tenho um futuro se resolver segui-lo. Mas, de acordo com Jim, me vejo como uma injustiçada sem direitos.

— O que há de errado nisso? — pergunto. Nunca vou ser uma dessas pessoas fazendo pose de pensar ou agir "fora da caixa". Adoro a caixa.

— Não há nada de errado. Mas entenda que é uma escolha sua. E se você se vê sem direitos, imagine como os outros vão perceber a forma pela qual se reflete? — argumenta Jim.

Não tenho certeza do que ele quer dizer, mas sei que não é bom. Estou determinada a provar que ele está errado. Vou me certificar de ficar dentro da caixa enquanto isso, só de pirraça.

Não tenho certeza se estamos prontos para conversar sobre ela, mas não consigo evitar. Ela jamais deixa de estar comigo. No mínimo, está ficando cada vez mais.

— Você acha que Laura se sentia desprovida de direitos?

— Quisera eu saber o que ela sentia — responde ele, depois de algumas tragadas. — Ela não dividia muito as coisas. Nem mesmo com os médicos, e especialmente não comigo. — Ele fala em um tom objetivo, que deve acobertar uma dor mais profunda; deve estar lá no fundo, mas eu nunca ousaria perguntar a um cavalheiro tão educado sobre a raiva reprimida que ele deve sentir em relação ao que a filha fez. — Mas o que pude entender, graças às pessoas que a trataram, é que o que ela mais sentia era dor. Isso a oprimia, a isolava, e ela travava uma luta constante, tentando encobrir isso. Laura queria que aqueles que a amavam acreditassem que ela poderia lidar com qualquer coisa. Ela concordou em tomar remédios para depressão só para me acalmar. Pelo menos me dizia que os tomava. Jamais quis conversar sobre isso.

Como ela nunca conversou *comigo* a respeito — a pessoa que mais se "identificaria" com isso? Laura e eu éramos sangue do mesmo sangue. Jim não era. A loucura de Laura era minha loucura.

— Há quanto tempo ela tomava remédios? — Dói confessar a Jim que eu não sabia sobre os antidepressivos. Como falhei com Laura ao não ver além de seu belo rosto e bom caráter, ao não olhar mais fundo, dentro de sua cabeça, nas teias enroladas, no ódio que infestava sua mente e alma, as partes que eu teria entendido melhor se ela permitisse.

— Desde a puberdade — responde Jim, e eu tenho vontade de rir. Quem mais além de um velho conservador usaria a palavra "puberdade" em uma frase completamente séria? — Mas era como se ela tivesse vergonha de precisar de medicamentos, como se fosse uma fraqueza, embora eu lhe garantisse constantemente que era o contrário, embora tantas vezes eu tenha dito a ela que a escolha mais corajosa era aceitar ajuda em vez de negar a dor. — Ele apaga o cigarro e acende um novo. — Miles, me promete uma coisa?

Eu trago antes de responder:

— Não, não prometo.

Ele está filando meus cigarros esta noite, então posso me permitir o atrevimento. Sei aonde ele quer chegar. Mas só porque eu e Jim estamos nos tornando colegas de cela que fumam no jardim, não significa que sou obrigada a aceitar a extração de promessas de autoaperfeiçoamento.

Jim balança a cabeça, solta aquela risada especial que parece se libertar quando ele está comigo, aquela que eu provavelmente pensaria ser condescendente se viesse de qualquer outra pessoa.

— Bem, por favor, saiba que, se você precisar de ajuda, se precisar conversar com um profissional sobre Laura...

Eu entendo, Laura. Entendo sim. Tristeza é um assunto *seu*, não de um estranho.

Sou poupada de dizer a Jim "não, obrigada" por um estrondoso som de baixo saindo dos alto-falantes do Saab da mãe de alguém, vindo do beco atrás do jardim. Bob Marley uiva em estéreo. *Rastaman, live up*!

Jamal, me salvando novamente.

O Saab para no meio-fio, e o volume é diminuído por tempo suficiente para emitir uma série de buzinadas de "vem logo, Miles", antes de o som do carro voltar à explosão de reggae.

— Pode ir. — Jim suspira. — Diga a Jamal que ele pode responder às queixas de barulho dos vizinhos de manhã.

Não quero ir. Aquela Bex está provavelmente no carro com Jamal. Permaneço no banco e termino meu cigarro.

— Miles, se não cortarmos pelo menos uma noite de fumo aqui, nós dois vamos ter enfisema antes do fim do verão.

Eu me viro para encará-lo. *Enfisema.* Que palavra legal para usar, tão contraditória; todas essas letras bonitinhas, juntas para produzir uma doença terrível. Bom trabalho, Jim.

Desafio aceito. Projeto Cessão de Direitos... ligar os motores.

Pouso Forçado

Quando me aproximo do carro, Jamal sorri para mim pela janela do motorista. Ele é a única pessoa em minha vida com quem posso contar para reagir assim a minha pessoa. Aprendi a não ler muita coisa em seu sorriso. Uma gorda nunca deve ousar acreditar que um sorriso de boas-vindas de um cara é exclusivamente para ela, que indica algum sentimento que não seja puramente platônico. Jamal é caloroso assim com todo mundo.

— Por que levou tanto tempo, Mana Miles? Não consigo começar de verdade uma noite de sexta sem você a meu lado.

Olho para ele em vez de sorrir de volta. Bex de fato já está dividindo o carro com Jamal, sentada no banco do passageiro. O meu lado. O banco do motorista de Jamal é ajustado bem para trás a fim de acomodar suas longas pernas, mas sento atrás dele de qualquer forma, amassada, em vez de ficar atrás do banco de Bex.

É como gostaria de estar, presa dentro da caixa.

Bex se inclina e me oferece um Twizzler de seu saco de balas tamanho gigante. Ela está mastigando uma única tira vermelha, provavelmente a mesma desde que abriu o saco no cinema. Eu me pergunto se Jamal nota que o saco de alcaçuz ainda está cheio, mas que o filme já deve ter acabado faz tempo.

— Quer um? — pergunta ela.

Quero o saco todo. E uma caixa gigante de Milk Duds também.

— Não. — Viro a cabeça para longe e olho pela janela.

Algumas pessoas não percebem quando estão sendo ignoradas.

— Tudo bem, mas me diz se mudar de ideia — acrescenta Bex. — Estamos no segundo saco de Twizzlers hoje, então tem bastante se você quiser.

Quero ser magricela, como você. Quero ficar no banco do passageiro ao lado de Jamal.

Aposto que Jamal comeu o primeiro saco sem ajuda.

— Obrigada — agradeço. Espero que ela perceba minha falta de sinceridade. Volto silenciosamente a olhar pela janela enquanto Bex e Jamal entram em um flerte pelo controle do som. Olhando pela janela, posso ver os dois tocando a mão um do outro enquanto mexem nos botões. Eles riem e discutem sobre qual música é pior, aquela na estação Lite FM ou na estação de rock Gospel.

Que nojo.

Os meninos viram criaturas irreconhecíveis perto de garotas magricelas.

Aqui está o que eu percebi (por assim dizer): se eu realmente me dedicasse a me transformar em uma pessoa magra, como Bex, iria pelo caminho mais fácil de morrer de fome. Não sou boa em compromissos, esse é o problema. Daria tudo para ser anoréxica ou bulímica. Mas sou um fracasso nisso também, C+ com esforço, no máximo. Como essas garotas conseguem? Porque eu não me aguento. Estou sempre com fome. Gosto de digerir. Desculpe.

Na escala de distúrbios de alimentação imaginários, eu preferiria anorexia à bulimia. Sério, com bulimia você consegue farrear e saborear algo — qualquer coisa, o quanto quiser. Mas vomitar? Sem chance, não vale a pena a gula toda. Com a opção de passar fome, é *aaaaaaah... boooooom*, tipo um Percoset engolido inteiro depois de ouvir a notícia de um inesperado dia de neve, aulas canceladas, bem no dia em que você tinha uma prova de biologia para a qual não estudou. Coisa de primeira classe. Anorexia tem de ser a mesma coisa, chapação de primeira advinda da energia extraída pela habilidade da própria mente em negar as necessidades fundamentais do corpo. Eu respeito. Até a palavra soa exótica — *anorexia* — tipo, toda derivada do latim, misteriosa e complicada. O que tem de glamuroso sobre cinco letras horríveis juntas para formar G-O-R-D-A? Certo. Nada.

É possível que eu fosse diagnosticada com inveja de anorexia assim como algumas pessoas têm inveja do pênis. Um psiquiatra sério provavelmente aconselharia: *Miles, você sofre de inveja de anorexia — cobiça a habilidade de exilar o corpo no prazer da desnutrição. Paciência, eu vejo essa inveja através de todas essas camadas de gordura. Você olha para as garotas* secas e pensa: *"Muito bem! Você tem um objetivo e vai atrás dele! Seu cabelo está caindo, e seu rosto, pálido, mas você está mais leve que a balança. Garota, comemore; vá arrumar um homem!"*

Enquanto Jamal e Bex ficam em sua briguinha pelo controle do som, abro o saco de M&M enfiado no bolso — cuidadosamente, silenciosamente, para que eles não escutem o papel sendo rasgado. Enfio uns M&Ms na boca, deixando o chocolate se dissolver em vez de mastigar.

Estamos dirigindo por Glover Park, uma área chique acima de Georgetown. Com seus gramados amplos e casas elegantes, parece mais com um subúrbio de Virginia ou Maryland do que um bairro do Distrito. As ruas estão calmas. Eu não. Me ocorre perguntar: "para onde estamos indo?". Geralmente com Jamal eu me deixo ser guiada sem perguntas.

Jamal não precisa responder. O Saab para na frente de uma casa que ocupa um quarteirão, e vejo que chegamos ao local exato onde eu não sabia que queria estar, mas foi para cá que Jamal nos trouxe. É o lugar que pode desfazer meu atual e bem desagradável estado de total sobriedade. Nem mesmo a presença de Bex vai me negar o prazer que sei que me espera lá dentro.

Os turistas que aparecem regularmente nessa esquina têm motivos para ficar confusos. Seus mapas de espião de D.C. listam o local como sendo um famoso ponto de "correspondência" durante a Guerra Fria, onde os vira-casacas trabalhavam da CIA ou do FBI e deixavam informações confidenciais dentro da caixa de correio para espiões da KGB usando uniformes do correio americano. Mas a infame caixa de correio não fica mais na esquina, nem a velha casa gótica em estilo Tudor mostrada nos livros de histórias de espiões. A velha casa foi demolida há vários anos e substituída por uma gigantesca McMansão que engole o quarteirão, deixando quase nenhum espaço livre.

Os garotos locais que conhecem a verdadeira atração turística a ser encontrada ali se referem ao lugar como "Pouso Forçado" — como se um OVNI (talvez um míssil guiado por alguma combinação da KGB, CIA e E.T.) tivesse caído por engano no lugar e o destruído, e rapidamente construído uma casa da Disney no lugar para cobrir o erro alienígena. Felizmente, por tantos turistas usarem tantos mapas de espião e livros ultrapassados, sua presença constante no quarteirão ajuda a distrair a polícia e os moradores da vizinhança do outro fluxo de visitantes constantes: adolescentes locais que pousam aqui para ficar doidões.

O anfitrião na casa é conhecido como Floyd. Ninguém mais se lembra do seu verdadeiro nome. O apelido foi dado por garotos chapados em homenagem à banda favorita de Floyd. Ele também vende em casa e deixa os chapados ficarem por lá. É como uma parada única. Em Upper Northwest, Floyd é um nome famoso.

A casa de Pouso Forçado pertence a seus pais, mas eles são gente das finanças, que viajam mais do que ficam na própria casa. Floyd prefere a "vida simples" de D.C. Os pais aparentemente preferem ausências de longo prazo a serem frequentemente lembrados de que seu filho de 20 anos é o oposto dos filhos verdadeiramente estudiosos e certinhos de seus vizinhos de Glover Park, uma Grande Decepção. Acho que é uma situação que funciona para os dois lados, tipo eu e Mel, e a casa de hóspedes em Georgetown, contra Londres. Você pega seu canto no universo, e eu, o meu. Deixa para aquela música de elevador sobre a união de mãe e filha estar a apenas um abraço; tente não rir.

Quando entramos na casa, vemos os suspeitos de sempre, os garotos de colégios particulares locais, a maioria brancos, mas alguns diplomáticos rostos morenos e amarelos também, os ricos menores de idade, cheios de privilégios, que passam seus finais de semana aqui. Eles estão a caminho de uma feliz chapação. Metal toca em um cômodo, hip-hop em outro. A TV passa canais de esporte ou pornô *light*, mas o comum a cada cômodo é a parafernália de drogas — narguilés, espelhos e giletes, isqueiros e seringas — espalhada por várias mesas. Garrafas de cerveja e vodca estão em cada peitoril de janela (apesar das persianas fechadas, naturalmente), e cinzeiros são derramados pelo carpete. A casa tem cheiro de cigarro e maconha, de cerveja e álcool, e, deslizando dos andares de cima, o bafo de sexo — ou pelo menos o que eu imagino ser o cheiro de sexo, tipo, meio doce e salgado e assustador.

Meu Deus, me pergunto quem Floyd paga para limpar o lugar antes que os pais voltem.

É como se Jamal se esquecesse imediatamente de que estou aqui. Ele pega Bex pela mão e a leva à tenda onde uma TV alta passa videoclipes e corpos rodopiantes, eletrizados, menino com menino, menina com menina estão dançando juntinhos. Agora acrescente Jamal e Bex, menino com menina, e um casal completa o cenário.

Eu fico no corredor, muda. Sozinha.

Percebo que devo desenvolver a habilidade de me distanciar em vez de apenas invejar. Devo me esforçar mais — sou privilegiada, privilegiada, privilegiada. Aprender a correr 8 quilômetros por dia ao redor do Potomac, até mesmo sob um sol escaldante com noventa por cento de umidade. Aprender a manter esses dois dedos na garganta em vez de engasgar e tirá-los rápido demais. Aprender a viver de refrigerante light e alcaçuz, talvez uma tigela de *kimchee* de vez em quando, se estiver mesmo com gula e meio coreana.

Se eu pudesse me ensinar a passar fome (ou expurgar; pobres coitados não podem ter frescura), poderia ser magra, como Bex, e dançar coladinha com Jamal.

Preciso escapar desse corredor com vista para Jamal e Bex, mas minhas pernas estão travadas enquanto as deles se movem no ritmo. Ele está com as mãos na cintura ossuda de Bex, exposta pelo jeans baixo que fica um centímetro acima do púbis. Bem sutil. As mãos de Bex estão no pescoço de Jamal enquanto seu quadril faz o fútil esforço de dar passinhos de garotas brancas para seguir o ritmo da música. Ele está se inclinando para ela, sorridente, convidativo; é quase como se ele fosse beijá-la. Só que ela é uma garota baunilha, que não deve estar em sua paleta de cores. Ele cochicha no ouvido dela. Bex ri. Eu a odeio ainda mais.

Jamal beija um monte de meninas, mas nunca a mim. Ele não me vê como menina. Para ele, sou apenas Miles, uma coadjuvante. Ele não me julga, me aceita com meus defeitos e tudo o mais — "com defeitos" sendo a expressão operante.

A calça de Bex é tão baixa, parece que vai cair. Ela está ainda mais magra agora que quando a vi no funeral.

Não estou nem chapada ainda, mas escuto Laura sussurrando em meu ouvido: *Ela está magra demais, até para Bex. Alguma coisa está errada.*

Mas alguma coisa tem de estar certa nisso, pois Jamal não tira os olhos do corpo de Bex.

Bex tem tanta sorte. Seu metabolismo da dor deve oscilar para o lado da perda de apetite. O meu oscila para o empanturramento.

Agora chega. Eu deveria me comprometer. Vou voltar à dieta da fome: uma leve entradinha por dia e ilimitados Red Bulls e Marlboros. É preciso muita força de vontade, mas os resultados são fantásticos. Posso perder dois números em questão de semanas. É uma pena que eu ganhe quatro de volta quando retorno ao ciclo normal de empanturramento.

Floyd me nota ao descer as escadas até o corredor. Cachos de cabelos longos, gordurosos, cor de morango caem sobre seu queixo coberto por uma barbicha. Suspeito que ele faça a barba com tanta frequência quanto use xampu. Ele veste uma malha de lã gasta. Com um cinto. De forma desconcertante, ele parece levantar o olhar ao me ver; tanto quanto um cara com as pestanas permanentemente fechadas é capaz de fazer.

— Ei, Miles. — Ele enfia uma mecha do cabelo gorduroso atrás da orelha. — Esperava te ver. Queria te dizer que sinto muito por sua irmã...

— Ela era minha prima.

— Ela era bonita como você, então achei que era sua irmã.

Eu ficaria mais lisonjeada se Jamal tivesse ouvido o comentário de Floyd. Ele percebeu que estou aqui com Floyd?

Ele se importaria se alguém, talvez, se sentisse atraído por mim?

Poderia acontecer. Nem todo homem vê apenas tamanho. Alguns veem profundidade.

— O que tem de bom hoje? — pergunto a Floyd.

— O que vai querer? — Meus pés finalmente cooperam, chamados a agir pelas guloseimas que serão encontradas ao seguir Floyd até a cozinha. Lá, nós nos sentamos em bancos, e Floyd pega alguns sacos plásticos dos bolsos gastos de sua malha e os espalha pela longa bancada de mármore.

— Não — digo para o beque.

Balanço minha cabeça para a coca. Eca.

O terceiro saco, o saco de comprimidos é o lance.

— Isso sim.

Quando vou chegar lá? Quando?

— Miles! — Jamal chega do meu lado, o suor brilhando em sua testa por conta da dança, mas Bex não está com ele. — Pode dar uma olhada em Bex? Ela foi de repente para o banheiro. Estou preocupado.

— Os banheiros da casa não estão marcados Meninas ou Meninos. É tudo unissex aqui. Pode verificar você mesmo sua mina na boa. Não dá para ver que estou num momento importante com a dama aqui? — diz Floyd a Jamal.

— Mas e se for uma coisa de mina? — pergunta Jamal, e de repente ele e Floyd se unem.

— É, melhor você verificar — pede Floyd.

Eu viro os olhos.

— Que seja. — Nunca digo não a Jamal.

Que princesinha. Eu a encontro no andar de cima no melhor banheiro da casa, no banheiro dos pais de Floyd, que não é usado, o único cômodo que não é tocado pelos habitantes da noite. É o banheiro com o bidê e a jacuzzi e o teto solar e o enorme box de vidro que parece maior que meu quarto. Espero encontrar Bex com um dedo orgulhoso na garganta na privada dourada, mas a encontro sentada, ainda de calças, com a cabeça encostada no azulejo da parede.

Chorando.

Bex esfrega as lágrimas, tenta se recompor. Ela age como se não houvesse nada de errado, como se, claro, eu tivesse ido encontrá-la no banheiro do Palácio de Buckingham para que conversássemos.

— Vi esse Floyd aí te observando. Acho que ele gosta de você. Gosta dele? — pergunta.

— Ele só está sendo legal. — Posso ver através da atuação, tentando ser legal comigo para chegar a Jamal. — Por que está chorando?

De fome?

— Quer mesmo saber?

Na verdade, não, mas por que não me diz mesmo assim?

Eu assinto e me aproximo alguns centímetros. Ela poderia tocar minha mão ou algo assim se precisasse de consolo. Estou fazendo minha parte.

— Não está certo — começa Bex. — Estar aqui esta noite sem ela.

Este sim é um sentimento estranho e pouco familiar que não me foi causado por uma substância alucinógena: concordo com Bex.

Mas não digo nada.

Ela respira fundo, meio que para se acalmar, mas suas palavras seguintes são tudo, menos refinadas:

— EU A ODEIO! COMO ELA PÔDE FAZER ISSO COM A GENTE?

Agora eu quero falar, dizer a Bex que entendo. Que estou chocada que possamos compartilhar de qualquer tipo de emoção mútua, mas ela sai correndo do banheiro antes que eu possa abrir a boca.

Também odeio Laura. O ódio surge de maneira repentina e bruta. Inesperado. Mesmo quando Laura e eu passamos por nossas fases não tão próximas, nunca deixei de amá-la, nunca deixei de ser parte dela.

Ela não lutou o bastante. Ela nos abandonou.

Relatório do Centro de Tempestades AccuMiles, ao vivo no local: esta intrépida repórter não deixou de vir ao segundo andar armada e pronta. Posso segurar a fortaleza desse banheiro. Ficar aqui enquanto Bex volta ao olho da tempestade no andar de baixo. Pego o saco plástico de comprimidos do bolso e instintivamente tiro dois. Então me lembro. Eu devolvo o de Laura ao saco e removo a cobertura do meu. Posso salvar Laura por mais um dia. Uma promessa de dia de chuva para o futuro.

Ah, aqui está. Finalmente. Sim.

Está batendo, e eu deslizo pela parede. Este é o resto de nossas vidas sem ela.

Ressaca

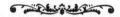

AINDA ESTOU CHAPADA?

Ou Floyd, que me deu uma carona para casa depois que desmaiei no banheiro de seus pais em Pouso Forçado, realmente segurou a porta do carro para mim e depois murmurou algo sobre se eu queria ver um filme com ele alguma hora ou algo assim? Devo estar alucinando, porque não é possível que um cara que não é Jamal me convide para algum lugar ou alguma coisa.

Quem me dera estivesse alucinando. O cheiro do fluído de transmissão vazando do trailer-barraca-de-comida detonado estacionado na rua me alerta da realidade da manhã. Não é de Jim que preciso desviar para voltar para casa. É da entidade biológica conhecida como meu pai.

Sou apenas eu ou outras filhas têm um pai que vive em um fedido e rangente lar móvel, que também serve como, segundo o próprio, "carrocinha de lanches", de onde ele vende sanduíches em frente a construções a fim de ganhar a vida?

A televisão perpetua a mentira de que os pais são criaturas confiáveis e amorosas, com vidas estáveis e em quem podemos contar para cuidar de projetos de aperfeiçoamentos da casa, com resultados desastrosos e hilários, junto de alguns conselhos amorosos para as crianças. Quem *tem* um pai desses? Eu certamente não. O meu pode realmente consertar um telhado, uma lava-louça ou instalar uma parede de gesso, mas pergunte a ele que dia é meu aniversário, quando comecei a andar, qual foi minha primeira palavra, o nome da escola em que estudei, e ele fica perdido. Não peça a ele para ajudar nas despesas da filha. Ele é duro e tem orgulho disso. Não quer nada além de sua casa móvel e da esperança de que alguma loira magricela e atrevida vire letras na *Roda da Fortuna* até que ela, literalmente, vire de pernas para o ar, morta, mas sorrindo.

Talvez eu seja muito dura com Buddy. Ele não finge ter ambições paternas, então por que devo esperar algo dele como filha? Esse é um cara que eu chamei de "Buddy" minha vida toda, e não porque é seu nome, mas porque, quando eu era pequena e ele não entendia o conceito de como se dirigir a uma "filha", ele me chamava de "Buddy", em vez de meu nome; eu só o apelidei de volta, sem entender na época o conceito de um homem que responderia a "Papai". Para Laura, um homem desses poderia existir, mas desde então eu já sabia: não para mim.

Os vizinhos, tipicamente, reclamam todos os verões da visão monstruosa da casa móvel de Buddy maculando a paisagem de lares históricos. Há muito espaço para o trailer de Buddy na área de estacionamento dentro dos portões da propriedade de Jim, onde sua coleção de veículos é mantida: o Volvo, as duas BMWs de antigos amantes não mais amados, o presente intocado, meio que de formatura, de Laura, um antigo Rolls Royce que pertenceu à mãe de Jim e do qual ele jamais conseguiu se desfazer. Mas os vizinhos estranhamente não podem recorrer a Jim no assunto da carrocinha; sua civilidade não se estende aos problemas daquele trailer. Jim pede que Buddy não estacione ali porque o trailer vaza fluido não apenas no pavimento da área de estacionamento, mas também, e mais importante, nas antigas pedras do pavimento que levam do portão de ferro na rua ao estacionamento atrás da grande casa. Um grande não da *Architectural Digest*.

Eu não dou a mínima para a opinião da comunidade de Georgetown, mas estou com Jim nessa. E prefiro que o trailer detonado fique parado na rua. Também prefiro que meu pai fique lá do que aqui. Buddy ama aquela casa móvel e não fica na casa de hóspedes exceto para usar a cozinha ou o chuveiro quando estaciona nas visitas de verão. Tudo bem por mim. Ficaria melhor se ele *nem* viesse, mas ainda não negociei essa liberdade.

Faço 18 anos em agosto. Não vou mais ser obrigada a tolerar o período de verão de Buddy como meu acompanhante temporário-de-um-trailer-estacionado-na-rua. Então, final feliz: vou acabar retribuindo à comunidade.

Buddy está sentado do lado de fora da casa, na velha cadeira dobrável de plástico que ele usa para os "hóspedes" em sua casa móvel, quando me aproximo de meu lar de caridade.

— Você está um lixo, menina. — Sua rouca voz caipira parece mais satisfeita que preocupada. Rapidamente faço um inventário de reparos na casa de hóspedes; o que precisa de conserto? Melhor colocar Buddy logo para trabalhar antes que ele salte do navio. — Tem algum namorado na parada atualmente com quem eu precise falar sobre te deixar aqui por volta das dez da manhã?

Agora é minha vez de rir. Um namorado me deixar em casa depois de uma noite selvagem? Certo. Não é um problema com que as gordas geralmente precisem se preocupar. Doenças cardíacas e diabetes? Talvez. Dar umazinha? Fala sério.

Me viro para encarar Buddy. Não sei como compartilhamos o DNA. Não nos parecemos nem um pouco. Ele é alto e magrelo, e eu, baixa e gorducha. Meu cabelo pode ser escuro e encaracolado como o dele, mas rola a tintura, de minha parte, e a umidade, da parte de D.C. E eu nunca iria cobrir minha cabeça com uma bandana vermelha ou deixar minha pele cor de defunta adquirir esse bronzeado de caminhoneiro nos braços e pescoço.

Buddy me olha de cima a baixo, fazendo um inventário de mim. Estou um ano mais velha e mais cheia — ele deve notar isso. Mas sua observação é:

— Você está de ressaca, menina.

Olha quem fala. Pelo menos ele não é falso a ponto de fingir preocupação. No entanto, ele não se importa em parecer irritado. Cuidar de uma filha com ressaca: só algo mais para lidar em sua dura vida, responsável por ninguém a não ser ele mesmo, vivendo em um trailer e vendendo sanduíches de queijo para gente de bom gosto desesperada demais para encontrar sustentação além da que Buddy arrumou para o dia — direto na cara.

Eu chuto o capacho e aponto para a chave no chão. Ele poderia ter entrado. Ele se esquece da chave todos os anos. Todos esses anos de minha infância em que ele se perdeu nas drogas e no alcoolismo lhe custaram as principais células de memória do cérebro. Isso não vai acontecer comigo. Meu DNA é dividido com Laura. Somos tudo ou nada.

Entro na casa. Quero minha cama e que Buddy não esteja lá.

— Bom te ver também, Miles — ironiza, atrás de mim.

O sarcasmo. Puxei isso dele.

Ele me segue para dentro.

— Te deixei uma mensagem dizendo que estava chegando esta manhã.

— Ah. — Abro um refrigerante da geladeira.

— Você ouve suas mensagens?

— Não.

Entro no closet do corredor e pego umas toalhas limpas, passo para ele e sigo até o quarto. Estou prestes a fechar a porta, mas ele fica parado lá, esticando a mão para evitar que a porta feche.

— Laura — começa.

Não digo nada. Não consigo nem dizer "estou bem".

— É, tipo, totalmente estranho estar aqui agora e saber que ela não vai aparecer pela porta a qualquer momento, procurando por você. Você quer, tipo, conversar sobre isso? — indaga ele.

A pergunta parece, tipo, ensaiada.

Ele se emociona bastante nas reuniões do AA. Não precisa de mim para isso.

— Não. — *Por favor, me deixe fechar essa porta em sua cara. E diga a seu padrinho para não aconselhar você a fingir que me consola só para fazer VOCÊ se sentir melhor.*

Ainda assim, deixo a porta aberta, fazendo com que ele continue:

— Mel só me contou depois do funeral. Sinto muito. Eu teria vindo.

Mesmo na morte eu vivo à sombra de Laura. Buddy perdeu todos os acontecimentos importantes de minha vida até hoje; ainda assim, ele gostaria de ter vindo para o funeral de Laura.

Se eu não estivesse de ressaca neste momento, iria perder a cabeça. A pós-chapação permite que eu simplesmente fique em silêncio.

— Me ajude aqui, menina? Não tem nada a dizer para seu velho?

No verão passado, ele me deu vinte contos para ir a uma reunião do Al-anon enquanto ele comparecia a uma no AA. Eu repito uma frase do AA de um pôster que vi na parede: "não fale a não ser que você possa melhorar o silêncio".

Fecho a porta do quarto.

Escotilha de Escape

A CONSPIRAÇÃO DE INFORMAÇÃO VAI SER TELEVISIONADA. Localize a escotilha de escape.

"Notícias" 24 horas (trânsito da região atualizado imediatamente seguido por bombardeiro no oriente médio seguido por divórcio de celebridade seguido por mais imagens do inferno do terrorismo) passam nos monitores de TV em todo canto — na fila do mercado, no correio, nas estações de trem, nos cafés. Nenhum espectador inocente ficará desejoso de informação.

Prefiro não ficar informada. Talvez eu não possa fugir da alimentação forçada de "notícias", mas posso simplesmente fechar os olhos. Se visualizar um bolinho de chocolate e chapar com um remédio e um livro na hora de dormir, posso bloquear a reserva na panelinha de Beltway, ou os rostos internacionais da angústia que as "notícias" borbulham, vendendo Hondas entre as imagens de desesperança e horror, para me anestesiar na tentativa incansável de me informar, informar, informar.

Por favor. Fiquem quietos.

Apesar do bombardeio de informações vindo de todos os lados, quer você queira a informação ou não, ainda há muito para efetivamente bloquear. Protetor solar para proteger a pele. Anti-histamínico para bloquear alergias. Um clique no computador para bloquear um pervertido online. Infelizmente, fui para cama zonza demais para ligar a máquina de ruído de fundo que tenho no criado-mudo, especialmente para o verão — para bloquear o som das cigarras e o som manhoso da voz de Buddy e de sua estranha e aguda risada de menina.

Eu o escuto pela janela do quarto. Ele está lá no jardim com Jim, provavelmente sentado em meu banco. É bom que não esteja fumando meus cigarros. Estou em contenção de despesas.

O sol que se põe passa pelas persianas enquanto acordo com a conversa do Estranho Par no jardim. Estão falando sobre sanduíches.

— Isso é surpreendentemente gostoso para um sanduíche de queijo — elogia Jim.

— É brie, cara. Tem de ser com brie. E pão fresco. Sempre. Manjericão fresco também se você conseguir. Heheh — cacareja ele. Eu tremo inteira.

Tem um comprimido para me fazer dormir pelo resto do verão?

Finalmente a fome me vence. Ela sempre me vence.

— Boa noite, Miles — cumprimenta Jim, quando vou até eles na mesa do pátio. Ele é tão formal, com um guardanapo de pano no colo, esperando engolir completamente o delicioso brie para me cumprimentar.

— Sete da noite é sempre sua hora de acordar, Miles? — pergunta o Sr. Boas Maneiras, sem guardanapo, a boca ainda cheia. O glutão colocou ketchup em seu sanduíche.

— Ela é uma criatura da noite, como eu — explica Jim.

— Preparei um sanduíche para você — diz Buddy. O sanduíche está enrolado em papel de seda, cortado ao meio e esperando por mim em um prato.

— Sou intolerante a lactose. — Sirvo o refrigerante que trouxe ao jardim em um copo cheio de gelo, e pego o saco de batatinhas de Buddy.

— Desde quando? — pergunta Buddy. Ele me olha fundo nos olhos. É estranho. — Mel deveria ter me contado. Isso é importante.

Eu deveria me importar que meu pai — que passou três anos quando eu era criança sem um único telefonema, carta ou visita por estar chapado demais para se lembrar de sua própria filha deixada para trás em Georgetown — de repente resolveu se importar? Porque se importar... não é realmente uma emoção, eu posso fazer isso facilmente. Ou eu bloqueio ou não.

— Miles não é intolerante a lactose — diz Jim a Buddy. Eu detecto uma leve piscada em seu olho quando ele me encara. — Ela está te provocando.

— Oh. — Buddy coloca seus pés no tampo de vidro. Um único olhar de Jim e ele os coloca de volta no chão.

Eu acendo um cigarro.

— Você não tem idade legal para comprar cigarros. Onde arrumou esses? — Buddy de novo. *Identidade falsa. Já ouviu falar?* Ele se volta para Jim. — Você a deixa fumar aqui?

Jim acende o próprio cigarro.

— Ela tem cabeça própria e entende os riscos de saúde. Tem sido uma época difícil para nós dois. Estou inclinado a achar que temos direito a esse vício; pelo menos agora.

Apenas nos deixe sobreviver ao verão sem ela. Se pudermos fazer isso, pensamos depois no que fazer. Lidar com a coisa do câncer quando chegar.

— Larguei o cigarro no inverno passado — revela Buddy. — Senhor, não sou o que eu deveria ser, não sou o que vou ser, mas Senhor, oh, Senhor, agradeço por não ser o que costumava ser. — AA de novo. Personagem que escolhe interpretar uma caricatura de novo.

Jim responde em fala de AA:

— Você não precisa "encontrar Deus". Ele não está perdido.

— O quê? — pergunta Buddy.

Eu seguro uma risada.

— Estamos paranoicos? — Eu dirijo a pergunta a Jim.

— Como assim?

Bem rapidamente Buddy é colocado de fora e somos apenas eu e Jim novamente, fumando e conversando. Como nos velhos tempos, tipo ontem.

— Quero dizer, o resto do mundo tentando nos pegar? Por que nos odeiam tanto?

Preciso entender o ódio para conseguir entender como viver em um mundo que Laura preferiu abandonar. Só a presença de Buddy já é indicação suficiente para me fazer entender: só posso bloquear até um limite. A estratégia não é infalível.

— É uma grande pergunta — concede Jim.

— O resto do mundo percebeu que a raiz de todo o mal emana de Washington, ou Washington é apenas um bode expiatório ao qual culpar? — Há uma diferença entre "Washington" e "D.C.", e a diferença está naqueles que vêm aqui estuprar e pilhar a política interna e internacional, e aqueles que nasceram e foram criados aqui, que se importam de fato com a cidade, os bairros que não são do governo federal. — Vivemos presos aqui no ponto de impacto de todo o antagonismo do mundo, e, ainda assim, nossos próprios cidadãos na capital da nação, que residem no ápice da terra da suposta liberdade, na verdade não têm direitos reais para influenciar as políticas do país. Temos apenas de viver com o ódio. Você é um nativo de D.C., Jim. Você sempre diz que é uma cidade completamente diferente agora daquela onde cresceu. Mais sofisticada, no entanto mais estéril, menos respeitada... e totalmente paranoica. Como isso aconteceu com D.C.?

— Costumava ser uma cidade de vacas — intromete-se Buddy.

Nós o ignoramos.

— O que mudou? — pergunto a Jim.

— Podemos começar com nossa paranoia da Guerra Fria, acho — responde Jim. — Qualquer bloco soviético que construiu uma embaixada aqui, com certeza, estava planejando uma guerra nuclear contra nós, bem em nosso quintal. Mas a ansiedade e a intriga daqueles tempos também vieram com um relativo conforto de que estávamos de fato paranoicos.

Agora a paranoia é por motivos reais. — O dedo indicador de Jim aponta para cima, para um avião voando baixo.

Acho fascinante que, depois da Segunda Guerra, os americanos suburbanos costumavam construir bunkers em seus quintais, na certeza de que A Bomba ia ser jogada neles. Quem gostaria de sair de uma escotilha de escape para viver após um apocalipse? Melhor morrer no olho do furacão. Não viva para ver o sonho americano destruído.

— Como era viver em D.C. quando era um lugar admirado em vez de temido? Era tão encantador que seus próprios cidadãos, os verdadeiros, não os passantes, não percebiam que estavam vivendo em um estado que cobra impostos sem oferecer representação? — pergunto a Jim.

— Miles, você está de fato expressando orgulho cívico e ultraje... ou pelo menos interesse? Vou me certificar de telefonar para a Dra. Turner. Ela tem trabalho no comitê de D.C. e precisa de ajuda neste verão.

Que legal. Jim quer me salvar, assim como quer salvar todo mundo.

Era a filha que precisava de salvação, não eu.

— Com certeza você tem muito a dizer para uma garota que acabou de acordar, Miles. — Buddy. *De novo*.

Com certeza tenho muito a dizer a uma garota cujo melhor amigo não ligou nem uma vez hoje para se certificar de que ela chegou bem em casa da festa em que ele a deixou noite passada para que pudesse meter em uma galinha anoréxica que nem é *legitimamente* de D.C.

— Vou ligar para a Dra. Turner agora mesmo, na verdade. Boa noite, pessoal — diz Jim. Ele se levanta e sai. A parte impressionante é que eu dei a ele a escotilha para escapar de Buddy sem perceber. *Disponha, Jim. Fica me devendo essa.*

— Você parece ser bem inteligente, menina — comenta Buddy, quando Jim se vai. — Me diga algo sobre você.

— Tipo o quê?

— Não sei. O que você quer ser?

— Grande pergunta. — Em outra hora, gostaria de ser uma escritora que viaja pelo mundo em busca de aventura e tórridos romances. Mas o mundo parece fechado para mim agora, bloqueado, baseado nos pecados dos presidentes passados. E o tamanho 36 é o novo 40. Estou dez números acima, num bom dia, do velho novo tamanho.

— Aqui tem uma ainda maior — começa Buddy. Deve ser outra frase do AA vindo aí. — Suas pupilas estão dilatadas, e seu andar está estranho. — Mel nunca percebeu. — Quer me dizer por que está tomando remédios?

Podemos voltar ao que eu quero ser?

Nem me importo em mentir:

— Para sentir algo diferente do que sinto agora.

— Que é o quê?

Desespero.

Também nem quero deixar Buddy saber mais.

— Nada. Estou bem.

Quando estou chapada, não tenho de me *esforçar* para bloquear nada ou ninguém. Quando estou chapada, não sou gorda, Jamal é todo meu e o mundo é seguro e compreensível. Não é necessária uma escotilha de escape; já estou vivendo dentro de uma. Tenho permissão à suspensão da descrença.

— Você não está bem. E eu entrei no sindicato para que você pudesse ter plano de saúde, então por que não vai a um psiquiatra ou algo assim? Sabe quanto me custa o seguro saúde? Deveria usá-lo. — Ele solta isso como se eu devesse me sentir grata por esse luxo que Mel insistiu que ele me concedesse em vez de nos ajudar financeiramente. Ketchup pinga do sanduíche de Buddy na camiseta branca esfarrapada. — Me lembro de como é ter sua idade, achando que a gente tem o direito de experimentar. Mas quer que eu te conte dos amigos que eu tive que não sobreviveram para contar a história? Vamos, Miles. Você é mais esperta que isso. Não seja uma fracassada, como seu velho. Veja aonde isso vai te levar.

Doce como Madressilva

Era uma vez duas primas-irmãs em uma casa da árvore, jogando um jogo chamado Boa Dona de Casa.

Quando tinham 13 para 14 anos, em uma empoeirada e bagunçada prateleira de livros na velha livraria da vizinhança, elas descobriram o que se tornaria a Bíblia daquele verão: *O Livro de Receitas da Boa Dona de Casa*, edição de 1942. Os dias de verão de D.C. estavam tão quentes que o chão de pedras no jardim parecia se mexer, o ar estava parado, as árvores murchavam em exaustão. No cair da noite, quando a temperatura se tornava tolerável, as duas garotas se refugiavam longe do ar-condicionado do castelo a fim de deslizar para dentro da sombreada fortaleza da casa na árvore, onde liam em voz alta passagens de sua nova descoberta arqueológica.

CHÁ DA TARDE PARA POUCOS: *Meia hora para preparar e limpar tudo, se você estiver ocupada. Uma hora ou mais se tiver algumas convidadas. Mas o próprio ato de parecer serena fará com que se sinta assim. E o chá quente, com um delicado acompanhamento ou dois, ajuda a colocar sua mente em um feliz repouso.*

Elas bebiam chá gelado com menta fresca do jardim e imaginavam o que seria exatamente um "feliz repouso". Elas haviam descoberto os cigarros, mas não ainda as ervas frescas e outros aditivos para a corrente sanguínea que poderiam realmente torná-las serenas. Uma delas já tinha beijado um garoto. Uma delas iria esperar muito mais, provavelmente para sempre.

Elas sabiam que iriam crescer juntas, melhores amigas para sempre; mais, porque eram sangue do mesmo sangue. Elas interpretavam vidas de irmãs como futuras Boas Donas de Casa que incluíam casamentos luxuosos, lares palacianos, lindos filhos e sempre — sempre — uma mesa bem arrumada, usando boas toalhas, guardanapos de verdade, um arranjo central de flores, velas e a prataria herdada de uma sogra dominadora.

Um jantar formal pede tecido adamascado em linho ou uma boa seda real, com um sousplat *para proteger, ou uma renda ou pano bordado colocado na mesa nua. Ao colocar esses panos, tenha a dobra do centro passando exatamente no centro da mesa. O pano deve medir entre 20 e 25 cm.*

Elas mantinham uma régua na casa da árvore e discutiam partes anatômicas que podiam medir entre 20 e 25 cm. No final do verão de Boa Dona de Casa, uma delas, no acampamento de verão, tinha tocado, por cima do jeans, uma coxa perto da parte anatômica que ficava entre as pernas de um garoto. A outra não tinha, mas podia confiar nos livros e/ou em sua melhor metade para comprovar a piada.

SOBREPRESO NA ADOLESCÊNCIA: Em muitas famílias há um garoto ou garota que definitivamente está acima do peso. É verdade que uns quilinhos a mais na adolescência não fazem mal e, frequentemente, são perdidos de forma natural quando a criança cresce. Mas estar excessivamente acima do peso apresenta um problema real tanto para a criança quanto para os pais. Há frequentemente o escárnio dos colegas, que causa mágoas e isolamento, resultando em uma hesitação em participar de esportes ativos, e, portanto, a criança não faz o exercício adequado nem obtém o relacionamento desejável com outras crianças. Pode até gerar um retardo mental, apesar de o inverso ser frequente, pois a criança pode se voltar à leitura e ao estudo intensivo para preencher seu tempo e compensar a falta de companhias e outros escapes.

Das duas garotas, o lado maior e mais idiota era mentalmente astuto o suficiente para inventar um produto para o jogo Boa Dona de Casa, um purificador de ar que ela batizou de "Doce Como Madressilva". As duas garotas passavam o purificador imaginário pela casa da árvore enquanto encenavam comerciais do produto. No comercial favorito, o casamento feliz de um casal gay era ameaçado por lamentáveis e embaraçosos incidentes com o cheiro do banheiro; felizmente o casal tinha Doce Como Madressilva para acabar com seus problemas. As duas garotas não entendiam por que esses comerciais já não estavam na televisão. As famílias que elas conheciam nunca eram representadas, a não ser que elas criassem comerciais retratando-as.

No verão que a garota que ficou para trás tinha 17 para 18 anos, seu melhor amigo reserva aparece na casa da árvore ao anoitecer. Ele quer falar sobre a melhor amiga da garota que agora se foi.

— Acho que é essa — confessa ele. — *A* garota. Aquela que vai mudar minha vida. Bex.

A garota deixada para trás se lembra de uma noite, não muitos meses antes, quando ela e sua prima-irmã estavam chapadas de maconha, suaves e bobas. A doce e leve menina havia decidido ir para a Universidade de Georgetown no ano seguinte. A outra, a pesadona, estava considerando largar totalmente a escola. Quando passavam o baseado, a pesadona inventou uma história imaginando o futuro casamento da garota que ia para a faculdade: depois de se formar em relações exteriores, a amada prima-irmã iria se casar com seu amado da escola, que na verdade só era parcialmente amado, e essa menina ia se casar com ele principalmente porque estava acostumada com ele; mas ela manteria casos com estrangeiros secretamente para mantê-la entretida se desejasse. A noiva iria quebrar a tradição e usar um vestido feito de toalhas de mesa, damasco ou uma seda real bem bonita, mas nunca rendas (brega). A capela estaria repleta de garrafinhas de purificador de ar em vez de arranjos florais. As garrafinhas ficariam situadas exatamente entre 20 e 25 cm de distância umas das outras. Depois da cerimônia, os convidados iriam apertar os purificadores de ar em vez de jogar arroz no casal feliz. O bolo de noiva iria ser decorado com madressilva fresca. A noiva e o noivo iriam brindar a união com vinho de madressilva.

Era uma boa história e um casamento fabuloso, e as duas garotas na casa da árvore sorriam na neblina doce de seu feliz repouso. Então a noiva em potencial da história, tossindo entre pegas no baseado, anunciava que não iria viver para ver o dia do próprio casamento. Na época, a outra menina — que teria usado o vestido tom de madressilva de madrinha, mas com mangas, pois braços de fora seria brega em uma garota rechonchuda — achou que essa rejeição significava simplesmente que a noiva da história iria escolher outro noivo. Ou um vestido melhor. Só isso. A contadora de histórias não entendeu: a noiva princesa já sabia que iria interromper o próprio futuro na vida real. Ela estava tentando preparar sua dama de honra gorducha.

— Não pode estar falando sério — diz a garota deixada para trás ao garoto no anoitecer na casa da árvore. Depois: — Você só a conhece há algumas semanas. Você a conheceu em um funeral.

A garota deixada para trás pensa: *Se eu fosse magra, eu poderia ter sido ela? A garota?*

Ela tem uma sensação física quando esse menino está perto; ela o sente em cada centímetro da pele, em cada batida do coração. Ela se pergunta se está mentindo para si mesma e para ele sobre não querer nada além de amizade. Essa mentira poderia matar sua amizade?

Mas ela já teve morte o bastante por enquanto. Não está pronta para deixá-lo partir. Ainda não.

— Não quero ir para Morehouse, Miles. É o caminho que meus pais escolheram para mim. O sonho *deles*, não o meu. Bex está indo para Columbia no outono. Talvez eu a siga para

Nova York. *Meu* sonho é virar ator. Nova York é o lugar para isso.

Seu rosto de cacau se funde à luz do pôr do sol da janela da casa da árvore quando ele fala. Ele é uma visão da perfeição, completamente alheio, enquanto fala, que a garota a quem ele confidencia seus sonhos prefere morrer, literalmente, a ouvi-lo proferir seus novos sentimentos por uma garota branquela chamada Bex.

A garota chamada Miles queria poder contar ao garoto Jamal tudo o que ama nele. A ousadia. O talento. O sorriso torto com os dois dentes de baixo acavalados, que apenas ressaltam seu belo rosto negro. A gentileza, a lealdade, o cheiro, a doçura de madressilva. Ele nunca a aceitou como nada além do que ela é. Ele a procura e gosta de sua companhia quando tão poucos ousam fazer isso. Ele se abre para ela, ele a considera sua melhor amiga de coração e alma.

O coração e a alma da menina compartilham do sentimento da amizade, mas também sentem... atração.

Ela entende. Ela não ama esse menino. Ela está *apaixonada* por esse menino. Anteriormente, ela apenas entendia a diferença entre "amor" e "paixão" por ler em livros. Agora parece real. Que vergonha.

Se ela pudesse contar a ele a soma total de tudo o que ama nele, ele saberia que ela não é uma garota ignorante, que não consegue entender ou experimentar o amor; ele veria que ela sabe e sofre com isso.

— Bex está sofrendo — diz esse garoto à garota deixada para trás e que está *apaixonada* por ele. — Ela quer conversar com você sobre Laura. Mas acha que você não gosta dela.

Não é a paixão que faz essa menina sofrer, é a compreensão do que é isso, que nunca será retribuído da mesma forma, que ameaça destruí-la. Mas, para descarregar as palavras — "eu te amo" — a uma parte inocente que não pediu por isso, para penetrar no espaço escuro e tocá-lo... é como se o mundo que ela conhece pudesse acabar se ela ousasse dizer essas palavras, ousasse fazer esse movimento.

Ela se pergunta se seu coração poderia simplesmente parar de bater por ser tão indesejada.

Ela não quer que o garoto faça distinção entre "amor" e "paixão", que a veja chorar, então ela concorda; vai tentar gostar de Bex. Ela pede que o garoto lhe traga um chá gelado com hortelã fresca do jardim. Ele a ama sem estar apaixonado; vai trazer.

Ela deseja que a garota que se foi estivesse lá agora para jogar o velho jogo, para ajudá-la a criar um final melhor.

Poder ao Povo

Dra. Turner tem sua escola, suas causas, sua determinação. Ela é tão a Jo de *Little Men*.

Sojourner Truth Charter Academy, sua criação, minha em breve ex-escola, é localizada em um depósito transformado, à margem do rio em Georgetown. Alguns ricaços doam seu dinheiro e terrenos para fundar hospitais e orfanatos. Jim prefere direcionar seus recursos aos amigos e à causa conjunta de melhorar o sistema de ensino público de D.C.; especificamente estabelecendo escolas independentes, que ofereçam educação alternativa a todo esse lixo que não funcionou no passado.

Eu me dou bem com a Dra. Turner porque sua própria natureza — supermãe e diretora de escola com superprincípios, além de superdefensora de D.C., alguém que se importa tanto — é tão curiosa a ponto de ser inspiradora.

Em minha vida futura imaginária, eu podia ter crescido para me tornar a supernora da Dra. Turner e ajudá-la em eventos de caridade, oferecer um ouvido confidente quando sua filha perfeita, Niecy, se rebelasse e namorasse o cara errado (claro, eu faria o mesmo papel com Niecy, reclamando da mãe nas sessões privativas com sua cunhada de confiança), fazer um jantar nutritivo e balanceado, mas delicioso, para Jamal quando ele voltasse do trabalho à noite. Dra. Turner poderia contar comigo para Fazer a Coisa Certa.

No tempo real, me sento no lugar marcado desde o jardim da infância — o escritório da diretora. Só que não estamos discutindo meus problemas de comportamento. Não neste momento, pelo menos. Niecy e eu estamos no escritório da Dra. Turner, vasculhando caixas e mais caixas de relatórios de registros de votos, sublinhando nomes e endereços para um futuro telefonema que vai solicitar fundos e assinaturas para a petição do direito de estado de D.C. — Jim me alistou na causa, e eu não me ofereci a não me oferecer. Pode não ser tão terrível querer impressionar o grande chefe da grande casa, mesmo de um jeito sutil. Além de dividir meus cigarros com ele.

Qualquer coisa para fazer esse verão horrível passar mais rápido. Preencher o vazio de Laura.

— Que trailer é aquele que seu pai estacionou na rua do Jim — provoca Niecy. — O que houve, ele ganhou aquela coisa em algum programa de TV há vinte anos? — Ela cantarola junto de alguma música R&B que toca no rádio. Não canto com ela. — Você é tão sensível, Miles. Não faça essa cara para mim, não quis ofender. Gosto do trailer de seu pai. Traz personalidade à vizinhança. E ele faz bons sanduíches, sim. — Niecy abre o papel de seda da baguete de gouda defumado que Buddy entregou esta manhã.

— Duvido de que Buddy vá ficar muito tempo por aqui — asseguro.

— Não de acordo com minha mãe. — Uma garota de 15 anos não pode evitar de espalhar a fofoca; é um instinto básico. Niecy se inclina perto de mim e cochicha: — Jim ficou louco quando sua mãe viajou para Londres tão rápido depois da morte de Laura. Algum tipo de batalha aconteceu nos bastidores. Ouvi mamãe falar com Jim sobre isso ao telefone. Acho que Mel disse a Jim que você é grande o bastante para ficar sozinha agora, não precisava mais de alguém do lado o tempo todo, mas Jim disse a Mel: 'Não é verdade!' e que ou você tinha um pai na casa, ou Mel teria de levá-la para Londres com ela. Então se acostume com os sanduíches, menina.

Nem preciso dizer que os termos da negociação secreta de Jim e Mel vão determinar se vou ou não continuar a ter um lar na casa de hóspedes. Não sei como as pessoas conseguem ficar sem casa. Para onde eu iria?

Ainda não retruco.

— Quer que eu faça tranças em seu cabelo de novo? — pergunta ela. — Você fica tão bem quando seu cabelo rebelde está trançado e as pessoas podem ver de verdade seu rosto. Você sabe o quanto é bonita, certo, Miles?

Obrigada pela mentira, menina bonita de verdade. Mas acho que eu não fui bonita o bastante.

— Então, Jamal e Bex, hein? — começo. Não o vejo há uma semana, desde que Bex terminou de roubá-lo de mim.

— Não vai durar — assegura Niecy. Ela acena com a mão, dispensando. — São almas na escuridão, passando um momento difícil juntos, só isso. Vai passar. Como mágica.

Parece quase sobrenatural estar na escola nas férias de verão, como se gremlins e duendes fossem nos provocar do teto: *Fora, desgraçadas! O verão e a vida nos enojam. Esta é NOSSA casa nesta época do ano. Não conhecem as regras?*

As regras deveriam ser que Jamal não saísse com meninas brancas e que as filhas dos Congressistas Branquelos de Sempre nunca pudessem expressar interesse em filhos da elite negra de D.C.

Niecy morde seu sanduíche e anuncia:

— Mamãe deveria colocar esses sanduíches no menu da cantina da escola. São incríveis. Quer um pedaço do meu?

Já estou cheia de meio saco de biscoitos que comi escondida no banheiro. Balanço a cabeça. Quero doçura. Quero ser ousada, como seu irmão. Quero ser bonita, como Niecy, e desabafar também.

— Provavelmente não vou voltar para a escola no outono.

— Cale a boca. Para onde vai?

— Largar a escola. Não é meu lugar. — Não que eu saiba para onde vou quando largar a escola. Provavelmente vou tentar arrumar um emprego ou algo assim. Vou pensar depois que assinar os papéis. Não acho que Jim espere que eu saia quando atingir a idade legal. Mas não tenho certeza. A única coisa de que tenho certeza é que estou assustada demais para perguntar diretamente a ele.

Niecy não precisa resistir à vontade de me atazanar por isso. Sua mãe está na porta e ouviu tudo. A Dra. Turner se volta para Niecy com um simples: *Pode sair, querida.*

O olhar de Niecy para mim diz: *agora é com você, menina.* Ela pega seu sanduíche, dá um beijo na bochecha da mamãe e rapidamente deixa a sala da diretora.

A Dra. Turner se senta na cadeira de sua mesa, à minha frente.

— Só vai sair da escola passando por cima de meu cadáver, Miles.

Falando em cadáver, olho para a parede atrás da cabeça da Dra. Turner. Está forrada com tantos prêmios e diplomas que deve ser natural pensar que alguém tão laureado deve secretamente ser um assassino ou pelo menos um chantagista que sabe onde os corpos estão enterrados.

— Miles? Tem algo a dizer? Porque, caso não tenha me ouvido direito...

— Ela me persegue.

— Quem?

— A Sra. Campbell. — Eu me esforcei ao máximo para não pensar nela desde que entrei em férias, desde Laura, mas de volta à escola agora, não posso evitar. Me lembro de quanto a odeio.

A Sra. Campbell, demônio-chefe que aterroriza essa escola, se tornou a professora de Redação assim como de Literatura no inverno passado, quando a professora de Redação saiu em licença-maternidade. A primeira professora de Redação me deu um A-, disse que eu tinha um jeito único de olhar para o mundo através das palavras. A Sra. Campbell me deu um C+. De acordo com a Sra. Campbell, não só eu não sei nada sobre grandes livros, mas há também regras que eu deveria obedecer ao criar minha própria ficção; isso, *regras para histórias que supostamente são inventadas*. Além disso, não tenho habilidade para contar uma história linear (eu nem sei o que é uma história linear, então por que eu deveria querer escrever uma?) e sou derivativa. E uso frases picotadas.

— Ela é uma boa professora — diz a Dra. Turner. É seu trabalho defender os professores; entendo isso. Em sua defesa, a maioria dos professores dessa escola são bem decentes. Menos essa aí.

Eu mostro à Dra. Turner aquela expressão de "você deve estar de brincadeira" de Niecy como resposta.

O que eu gosto na Dra. Turner é que confio que ela não mente para mim. E ela não mente agora.

— Talvez a Sra. Campbell não sirva para todos os alunos. — Pausa. — Seus alunos se saem bem nos exames. — Pausa. — Ela não está te perseguindo. Ela quer manter o padrão alto, tirar o melhor de você.

Consigo ler através das não-mentiras da Dra. Turner: *Essa escola não tem verba para alguém melhor.*

— E se os padrões da Sra. Campbell não forem os meus? — pergunto. — E se ela estiver tão presa às regras e à gramática que não consegue reconhecer um pensamento original? Essa escola não foi fundada para cultivar a criatividade e o pensamento independente em vez de se concentrar obsessivamente em frases picotadas?

E se a Sra. Campbell for apenas uma daquelas professoras más e amargas que gostam mais das próprias opiniões que de alunos adolescentes — dos quais ela não parece gostar nem um pouco, por sinal?

A Dra. Turner tira uma pilha de arquivos de sua mesa. É um arquivo volumoso. Os relatórios de estudantes problemáticos sempre são.

— De acordo com o relatório da Sra. Cambpell sobre você, você é uma escritora forte com uma mente inteligente, mas precisa de disciplina. Parece uma crítica justa para mim. Qual é o problema? — exige a Dra. Turner.

— Minha própria professora declara que eu não posso atingir meu único sonho, e é ela quem deveria estar me ensinando a fazer isso.

— Ela nunca disse que você não pode alcançar seu sonho.

— Não com essas palavras, talvez. Mas deixou implícito.

— Miles. — A Dra. Turner sorri para mim.

— O quê? — Não entendo o que eu disse para merecer a expressão calorosa da Dra. Turner. Ela e eu nunca vamos dividir aquele laço redentor e animado de aluno-professor visto apenas nos filmes.

— Você tem um sonho. Admita.

Não admito.

— Não vejo sentido em continuar na escola depois de já ter feito 18 anos. — Quando Jamal tiver ido embora sem mim.

— Então sua capacidade futura de ter um emprego rentável e talvez seguir outros estudos não significa nada para você?

— Isso aí.

— Não acredito em você. Agora um desafio de verdade para você: *eu* acredito em você. Então do que precisa?

— Para quê?

— Para abandonar essa ideia sem sentido de largar a escola.

Não sabia que poderiam me convencer de outra coisa até agora. Não achava que ninguém além de Laura poderia acreditar em mim.

— Quero outra professora de Redação.

— Não posso fazer isso. Somos uma escola pequena, Miles. O único outro professor qualificado para Redação dá aula para o ensino fundamental.

Pego uma pilha grossa de registros de voto e jogo na mesa da Dra. Turner com um ato exagerado e dramático de filme.

— Então quero poder protestar. Quando a Sra. Campbell disser que não posso escrever uma história que deveria ter possibilidades infinitas ou que interpretei mal um livro que está completamente aberto ao debate subjetivo, quero o direito de ter uma segunda opinião sobre a nota. Porque aquela moça não sabe do que está falando.

Dra. Turner levanta o punho.

— Feito. Poder ao povo.

Ei, Sra. Campbell: adivinhe onde me encontrar. Vou ser a aluna voltando a sua classe só para te atazanar.

Não sabia que tinha isso em mim. Valor, pela; Iscola.

Dia de Neve

A TARDE QUEIMA BRUTALMENTE, QUENTE E ÚMIDA. Eu anseio transpirar tarde afora nas escuras e solitárias cavernas das estantes altas e empoeiradas da livraria. Vou desligar o ar-condicionado detonado da janela, que cospe poeira e ar quente ao invés de fresco. Vou me sentar perto da janela que implora por uma brisa. Assar meu dia dentro de um livro.

Meu plano é obstruído pela visão da dupla Jamal & Bex parada na frente da livraria quando chego.

Até meu porto seguro não é mais seguro. Livraria = lugar sagrado. Por que ele tinha de trazer *ela* aqui?

Provavelmente estão me esperando com alguma desculpa esfarrapada para me sequestrar para uma aventura.

Eu passo.

Vamos, pessoal, VAMOS!

Estão tão apertadinhos que nem me notam descendo a rua em sua direção. Não estão se pegando, como se espera que os hormônios desocupados de adolescente os influenciariam a fazer. É pior. É a familiaridade fácil do braço de Jamal ao redor do ombro dela, a cabeça de Bex aninhada no pescoço dele, é tão perturbador. Quando vejo Jamal se inclinando para ela, penso: *Por favor, não me deixe ter de vê-lo beijando a sua boca*. Mas ele sorri para Bex no lugar de beijá-la, e coloca uma mecha de seu cabelo para trás da orelha e, carinhosamente, tão carinhosamente, esfrega o indicador no lóbulo.

É o movimento que me mata.

A doce sensação de posse.

A mão dele, que tantas vezes segurou a minha, mas nunca traçou delicadamente um ponto em minha pele.

O calor do ciúme brota em meu corpo, uma descarga elétrica. Me faz querer correr até Bex e parti-la em pedacinhos. Atear fogo.

Crimes passionais: subitamente os entendo.

Se eu seguir em sua direção, duvido que consiga manter a compostura. Ficar com eles seria uma forma de tortura.

Então dou meia-volta antes que me vejam. Assim termina meu dia de trabalho.

Vou fingir que é um dia de neve. Um no qual não cometi assassinato em primeiro grau.

Não sou tão boa em dividir as coisas. Deve ser um problema de filha única. Verão passado eu tive acesso exclusivo ao tempo livre de Jamal.

Não quero uma sentença de morte pelo crime de querer o que nunca poderia ser meu. Posso interagir com os mortos em vez disso.

Passo correndo por Rock Creek e consigo abrigo em outros de meus locais sagrados de Georgetown, o Cemitério Oak Hil, o jardim histórico de centenas de anos, lar das tumbas e mausoléus do *crème de la crème* da história de Washington, com nomes como Renwick, Corcoran, Van Ness e de tantas ruas, prédios e bairros de D.C. Dentro de uma tenda de árvores altas narcisos, macieiras e azaleias que caem ao chão, a morte pode pelo menos se gabar: *Ei, agora nós temos a melhor vista.*

Escolhi um bom dia para vagar com os fantasmas. Que pessoa racional gostaria de assar aqui no meio do verão de D.C.? O cemitério está quase vazio, tirando alguns turistas perdidos com câmeras e cabelo murcho. O pessoal do leste europeu é tão fofo, mas tão mal-informado sobre o clima nas cidades americanas construídas sobre pântanos.

Eu me sento em um banco de ferro fundido em frente ao caminho para a capela do cemitério gótico. Laura e eu costumávamos trazer nossos trenós aqui nos dias de neve. Quando descansávamos nesse banco, inspecionando o terreno coberto de neve sob o carvalho completamente sem folhas, quando o sol poente de inverno tingia a luz através dos laranjas e amarelos dos vitrais da capela, nós tínhamos certeza absoluta de que estávamos a caminho do Céu. Olhando agora para a antiga capela de pedra, os vitrais quase engolidos pelo opulento verde da grama e das árvores, eu tenho de respeitar loucamente as coisas majestosas que "Deus" inspira outros a construir para Ele. Apesar de eu acreditar fervorosamente no fato científico de que o universo foi criado há bilhões de anos e de que, de forma alguma, Ele teve alguma coisa a ver com isso, a arte gerada pela paixão ao Livro da Boa Ficção, quero dizer o Gênese, ao longo dos séculos é boa pra dedéu.

— Não me diga. Você está perguntando 'O que Jesus faria'? — A voz pertence a Niecy, que está parada em frente ao banco, com os braços cruzados sobre o peito, olhando para mim e suando. — Porque vou te contar o que Ele diria. Ele falaria: 'Miles, caso você não tenha notado, está fazendo quase cinquenta graus, não há uma nuvem no céu e existe uma invenção chamada AR-CONDICIONADO para ajudar neste tipo de situação.'

— Te mandaram para me pegar? — Para que os lugares sejam sagrados, têm de ser poucos. Isso dificulta uma expedição de Você Não Pode Me Encontrar.

— Jamal disse que talvez eu te encontrasse aqui.

— Por que está me procurando?

— Talvez eu não esteja procurando você. Talvez eu esteja só procurando *cuidar* de você.

— O quê?

Só posso agradecer por ela não responder ao desafio dessa pergunta.

Ela se senta a meu lado no banco.

— Conte-me uma história. Faça esse dia quente ir embora.

No porão na casa de Niecy e Jamal, há um antigo videogame do Pac-Man que veio junto com a casa quando a família a comprou. Eles nunca se desfizeram da relíquia, o que me trouxe horas infinitas de entretenimento no canto do porão enquanto Niecy e Jamal jogavam videogames sofisticados na grande tela de TV próxima. É o jogo mais imbecil do mundo, sério. Uma boca de "Pac-Man" engole pontinhos enquanto segue por níveis simples sem desafio. É idiota... mas completamente viciante. Acho que a tristeza que está dentro de mim é como aquele jogo do Pac-Man. Vai comendo progressivamente minha alma, uma dor física que ninguém pode ver, um prisma que é literalmente uma prisão. Agarrar-se na tristeza é como segurar uma arma; é o que Laura fez, só que ela não vestia um corpo gordo como o meu. Penso na dor dela o tempo todo ultimamente. Imagino que sua dor deveria ser muito pior do que a minha para ter tomado tanto conta dela, ter se tornado tão grande e torturante que finalmente a engoliu inteira. Ela não pôde derrotá-la.

Também não sei se eu posso. Mas posso tentar. Não fugir de Niecy já é um primeiro passo. Aperfeiçoamento.

— Era uma vez uma princesa — digo a Niecy.

— Pode ser uma núbia? Não aguento essas personagens *Brancas* de Neve.

— Claro. Ela é uma princesa chocolate chamada Neve.

— Uma negra chamada "Neve", hum? Gostei.

— Bem, ela não é exatamente humana. Ela é feita de chocolate. Ela derrete no calor. É sua criptonita. Ela precisa ficar no frio para sobreviver.

— Por que as princesas têm sempre um grande defeito que faz com que saiam perdendo?

— Não sei. Para a história ter graça?

— Certo, faz sentido.

— Então, essa princesa de chocolate aí, seu cavaleiro de armadura brilhante é o coelhinho da páscoa.

— Naturalmente.

— Mas o Coelhinho da Páscoa.... ele tem uma curiosidade sexualmente ambígua. E gosta do mês de abril. A variação climática é arriscada para a princesa. Conflito.

— Como ela vai lidar com isso?

— Ela não vai se comprometer. Ela diz ao CP que ele só pode ficar com ela se concordar em dar pulinhos em latitudes frias. Além do mais, tem de ser um homem-coelho de uma Neve só. Ela não vai ficar com um cara que a trai com, tipo, um gnomo de outono ou a biscate da Fada dos Dentes. Tristemente, CP não fecha com ela. Ele ama a Neve, mas não está pronto para se comprometer, a fazer esses sacrifícios por ela.

— Que pena. Azar dele.

— Concordo. Então depois que ela perdeu o tal coelho que ela achou que era seu verdadeiro amor, Neve precisa dar uma transformada. Ela se muda para o Canadá. Aquela parte bem lá em cima que é quase glacial. Ela vai ficar sozinha e triste lá, frígida, mas intacta. Mas, gradualmente, seu coração começa a amolecer, apesar da forma continuar chocolate sólido. Ela precisa de companhia. E já que está praticamente no Polo Norte e entediada, ela procura o Papai Noel. Eles se conhecem, ficam amigos. Mas Neve tem de tomar cuidado com sua amizade com o velhinho. A Sra. Noel tem muito ciúme da beleza chocolate da Neve. É difícil, porque todo mundo acredita que Neve e Papai Noel estão tendo um caso, mas não estão mesmo. O relacionamento é baseado em respeito mútuo e compreensão. A verdade nunca é tão interessante quanto o que as pessoas cochicham. Mas Neve e Papai Noel não ligam para as fofocas. Eles formam uma aliança estratégica e terminam bolando um tratado contra o aquecimento global que é proposto às Nações Unidas.

— Bom para eles! Mas que pena sobre a Neve e o Papai. Queria saber o que acontece quando o Papai Noel põe as manguinhas de fora.

— Essa é a sequência. Quando a Sra. Noel escreve as memórias, contando tudo: *Noela Cruela: Como uma Princesa de Chocolate Roubou Meu Homem e Tudo Porque o Coelho da Páscoa Não Deu Conta do Recado.*

O que é engraçado em nossa risada conjunta é que o sentimento físico da risada parece acalmar a dor em meu estômago, a tristeza que preenche meu corpo.

E a experiência de compartilhar algo.

Rap da Raptada

— Acha que ela está em paz?

Pode ser uma pergunta estranha a se fazer a uma pessoa na pia de uma parada perto da New Jersey Turnpike. Ainda assim, parece ser o único lugar onde Bex e eu nos conectamos: no banheiro.

Balanço as mãos molhadas. Jamal me sacode por causa de Bex, eu sinceramente a odeio, mas tenho de respeitar o bom gosto de Bex para pessoas.

— Eu queria isso para Laura — respondo, insegura. Não posso decidir se acredito ou não na vida após a morte. Não consigo decidir por que alguém iria *querer* uma vida após a morte. O que tem de tão bom na vida?

Quero o consolo de acreditar que Laura está feliz onde quer que esteja agora, mas nos deixar da forma como deixou não é uma declaração de que ela não queria mesmo continuar? Tenho de respeitar os meios que justificam os fins também, mesmo que os meios signifiquem que a alma de Laura esteja tão mortinha quanto seu corpo. Ela não queria paz alguma.

— Tenho de acreditar que você está errada — argumenta Bex. — É o que me conforta quando os pesadelos com o que ela fez me acordam no meio da noite. Tenho de acreditar que ela foi perdoada lá em cima, que...

— Perdoada por Deus?

— Sim, por Deus.

Meu Bom Deus, que ingenuidade. Estou feliz de ter sido criada para não acreditar em nada. Obrigada pelo ateísmo, pais relapsos!

— *Você* fica em paz ao achar que ela foi perdoada por Deus? — pergunto a Bex.

— Sim, fico.

— Então você não está preocupada realmente com a paz de Laura, está? Está preocupada com a sua própria.

Bex sacode a mão molhada diretamente no meu rosto.

— Você torna muito difícil gostar de você.

Eu a sigo para fora do banheiro e para dentro do estacionamento. Não contesto sua declaração. Eu a respeito pela consciência. Ela me entende. Pode haver esperança de sermos amigas afinal.

Subimos na traseira do BMW estacionado. O carro pertence ao ex de Laura, Jason. Ele e Jamal sentam-se no banco da frente, uma tentativa não muito sutil de dar a Bex e eu uma "conexão feminina" na viagem para Nova York. Preferi dormir durante a viagem de carro. Não sou uma garota de conexões.

Não escolhi fazer essa viagem. Jamal me acordou às quatro da manhã jogando pedrinhas em minha janela. Geralmente essas pedrinhas significam que ele quer me levar em uma viagem no meio da noite para a creperia IHOP, então saltei da cama e para o carro sem fazer perguntas. Já estava em movimento quando reparei que tanto Jason quanto Bex já estavam nele e o carro deixava o Distrito antes que eu percebesse que íamos na direção da I-95, e não da IHOP.

— Que po...? — grunhi.

Preciso parar de fazer escolhas com base no estômago e no coração. Quem me dera pudesse desligar essas coisas.

— Fizemos um rap, raptamos você — avisou Jamal. — Estamos te levando para uma aventura. Quatro horas até a cidade que não dorme.

— Mas... — começo a protestar.

— Não se preocupe, já cuidamos de seu pai — disse Bex.

— Eu *não* estava preocupada — retruco. Como se eu precisasse da permissão de Buddy para ir a algum lugar que nem quero ir. Finjo voltar a dormir até começar a dormir realmente.

De volta à estrada depois da parada, logo estamos dirigindo por uma parte de Nova Jersey cercada por usinas e pântanos, e que cheira a esgoto. A vista da janela do carro parece com a capa de um romance de ficção científica apocalíptico passado em uma dimensão do inferno.

— Esta é a parte que ela amava — revela Bex.

— Do que está falando? — pergunto.

— Laura. Você sabe que nos últimos anos eu e ela viajamos juntas para Nova York todos os verões? Sempre que passávamos por esta parte que é toda assustadora, ela gritava '*Que lindo!*'. Vê aquilo? — Bex aponta para a linha de arranha-céus no horizonte. — É a parte que eu amo de dirigir até aqui. O momento que Manhattan surge ao longe. Quando você sabe que algo impressionante vai acontecer. Lá.

Bex parece enfeitiçada.

É bom conseguir rir.

Gosto de minha silenciosa e sonolenta D.C., mas quase invejo a coragem de Bex em conquistar aquela cidade de arranha-céus. Mesmo ao longe, onde posso sentir a pulsação dessa cidade, posso imaginar que Bex realmente vai ter experiências impressionantes na universidade em NYC. *Por favor, não a deixe puxar Jamal para cá também.* Já foi duro o bastante imaginar perdê-lo para Atlanta, mas perdê-lo para Nova York e para essa garota em especial é demais.

Jason e Jamal estão discutindo o boletim da estação de esportes do rádio — não estão prestando atenção nas garotas no banco de trás. Posso falar livremente. Me viro para Bex.

— Você notou que, só no ano passado, seu pai votou contra os direitos dos imigrantes e dos gays, certificou-se de propor medidas que nem saíssem do comitê e do chão da Casa? Sabe também que ele repetidamente rejeita a abertura dos simbólicos representantes de D.C. para a Casa, que, por sinal, não é nem um real representante, o representante pode até ser um eunuco, para discutir o apoio de uma emenda constitucional dando condição de estado a DC...

— *Eunuco?* — Bex explode em uma risada. — Você não dissc isso

Eu meio que sou enfeitiçada e tenho vontade de compartilhar da risada, mas não vou. *Eunuco*. Dá para eu ser mais idiota? Nunca vou me sair uma grande oradora, obviamente. Apesar de que, com o apelo sexual que tenho sobre o sexo oposto, posso bem ser um eunuco. Talvez concorra um dia para representante de D.C.; daria no mesmo.

— Sério. O que há com seu pai, e o partido dele, para recusar a reconhecer os direitos de voto dos cidadãos de D.C.?

— O que há com você, aparentemente roubando e lendo demais as edições do *Congressional Record* de Jim? — Como ela sabe que eu faço isso? Talvez ela esteja só jogando verde. Bex respira fundo, então solta: — Primeiro, não tem cabimento que você, ou qualquer um, me avalie pela política de meu pai. Suas opiniões e crenças são só dele, e as minhas são as minhas. Às vezes concordo com ele, mas frequentemente discordo. É um debate constante na família; mas um bom debate, eu gosto de acreditar. Quem você acha que empurra meu pai a cada passo para longe da direita e em direção ao centro? *Eu*. Segundo, frequentemente passo parte das férias escolares trabalhando em seu escritório e, por acaso, sei que, independentemente do que você pense sobre as votações dele, meu pai tem sido um dos membros mais ativos da Casa apoiando a posição de estado de D.C. nos bastidores. Ele só não se dá pessoalmente bem com a delegação de D.C. Mas tem, na verdade, buscado apoio em determinadas medidas com vários representantes de Maryland para alinhar suas recomendações para uma medida de retrocesso a fim de estudar se D.C. pode se tornar parte de Maryland. Retrocesso que iria permitir uma capital perto do Mercado para o governo federal, mas ampliaria as fronteiras de Maryland para dentro do Distrito, para que os cidadãos possam ter os mesmos direitos — e responsabilidades — como cidadãos de qualquer estado. Então meu pai não trabalha apenas para eleitores do próprio estado, também está defendendo aqueles em Maryland e D.C., mesmo que não esteja publicamente divulgando isso para que possa parecer bonzinho aos olhos da cidade. Satisfeita?

Absolutamente *não* satisfeita.

— Maryland foi originalmente criada como um refúgio para os católicos na Inglaterra Protestante, e essa influência católica ainda está lá. Separação da igreja e estado significa...

— Oh, meu Deus.

— Quê?

— Todo esse tempo eu queria que você ao menos falasse comigo, me desse uma oportunidade. Agora eu só queria que você calasse a boca.

Uma risada finalmente me escapa.

Calmamente, Bex acrescenta:

— Você soa como a Laura. Nos melhores dias. Nos dias de briga.

Voltamos ao silêncio.

A cidade me oprime. Tanta gente, tanto barulho, tanta *correria*; não quero estar aqui, não sem Laura para dividir a experiência. Essa é uma cidade que ela amava, com teatros e shoppings e cenários adorados. Um lugar onde ela podia ir para se sentir *viva*, confessava Laura quando voltava para casa, para mim.

Os meninos me trouxeram aqui sob falso pretexto — eles também não querem estar aqui. Depois de estacionar o carro na garagem do prédio de Jason, ele e Jamal imediatamente saltam no metrô para o Bronx, para ver um jogo dos Yankees contra os Red Sox.

Então agora não apenas Jamal me trocou por Bex como também me largou com ela. Miles não está gostando desse rap da raptada.

— Livraria Strand? — pergunta Bex, quando subimos até o lado de fora da estação de metrô onde Jason e Jamal saltaram. — Quer ir até lá? Era uma das favoritas de Laura.

Nunca a ouvi mencionar esse lugar.

— Milhas e Milhas de Livros. Soa familiar para você?

Posso ouvir a voz de Laura agora: *rodei milhas e milhas para ir a Miles e Miles para trazer livros para Miles, minha Miles.* Ela cantava isso para mim na casa da árvore enquanto entregava uma pilha de romances em troca de um saquinho de beque. Ela gosta de fumar maconha, mas não de correr atrás ela mesma, enquanto eu sempre levava bronca por ir atrás de muitos livros. Era uma boa troca.

— Não — respondo. — Não quero ir até lá. Quero ir a qualquer lugar ao ar livre onde eu possa fumar.

— Conheço o lugar perfeito.

Bex brinca de guia turística, nos levando pelo bairro Morningside Heights e para os longos e largos degraus da Low Library da Universidade de Columbia, onde nos sentamos atrás de uma estátua chamada "Alma Mater" para que eu possa voltar a meu péssimo hábito: cigarro e refrigerante. De nosso degrau, observamos o campus central de grandiosas bibliotecas, prédios de salas de aula e dormitórios, gramados verdes com jogadores de frisbee e futebol, famílias com crianças pequenas aprendendo a andar pelo caminho central, que Bex diz se chamar "College Walk". O campus é magnífico, tenho de admitir — um oásis acadêmico plantado na terra firme de Manhattan. Uma comunidade.

A visão provoca a mesma reação em Bex que em mim. Não é algo que podemos controlar. As lágrimas descem em momentos aleatórios e inesperados.

Estamos vendo o futuro que Laura deveria viver, só que o dela seria a versão de Georgetown Hoya.

— Laura e eu viemos a este exato ponto no verão passado — confessa Bex. — Eu queria mostrar a ela onde queria estudar, levá-la ao local onde meus pais se conheceram. E o estranho é que estamos sentadas aqui agora. Sei que Laura e eu nos sentamos aqui antes, e, ainda assim, não estou certa de que essa lembrança é real. Eu sinto tanto a falta dela que criei uma lembrança feliz? Ela não estava mesmo com Jason no show da Broadway enquanto vim aqui para visitar o campus aquele dia? Ou estou lembrando na verdade da vez que viemos aqui e ela estava triste demais e não saía do carro, quando pediu para a gente deixá-la em paz para dormir enquanto Jason e eu fôssemos passear?

— Eu sei. Às vezes estou fumando na casa da árvore e percebo que estou falando com ela, como se ela estivesse lá, recriando conversas que tivemos no passado; só então me pergunto se Laura e eu realmente tivemos aquela conversa ou se eu apenas *queria* ter tido. Antes.

É novidade para mim poder dividir Laura com Bex.

Mas Bex a amou tanto quanto eu. Eu poderia confiar em Bex nesse nível.

— Sim, é exatamente isso. — Bex pega um cigarro de minha mão, dá uma tragada e solta sem tossir (claramente ela tem experiência), depois passa o cigarro de volta para mim.

— Estou tão aliviada por você se sentir assim. Fico me perguntando se estou enlouquecendo.

— Jason. — É tudo o que digo. Imaginando se Bex e eu realmente podemos subir um nível. Será que ela já sabe a pergunta?

Sabe.

— Acho que Laura o amava sem estar apaixonada por ele. É tipo, talvez Jason a protegesse dela mesma. Quero dizer, ele é um cara bem legal, mas... — Ela para, como se hesitasse antes de dizer o que realmente pensa. *Diga, Bex. Nós duas sabemos.* Surpreendentemente, ela diz: — Não há *aquela* coisa com ele. Ele não era um desafio como namorado; estar com ele era simples. Ele deixava entrar a luz quando ela estava tentando suprimir as próprias trevas.

— Quer dizer, ele a flanqueava?

— Flanqueava? De onde você tira essas palavras bizarras? Mas sim, acho que é isso. Laura podia se esconder atrás dele.

— Bex pega meu cigarro de novo, traga novamente, passa de volta para mim. — E quanto a você? Tem algum cara de quem você goste?

Enfaticamente *não*. Tem um cara que eu *amo*. Ela o roubou.

A pergunta é muito intrometida. Bex realmente não entende o que implica.

Eu balanço a cabeça.

— E quanto àquele chapado do Floyd? — pergunta ela.

— Acho que ele gosta de você.

Balanço a cabeça novamente.

— Faz bem — diz Bex. — Aquele cara é encrenca.

Não que Floyd mereça ser defendido, mas ainda assim... deixe disso!

— Você não achou que ele era encrenca ao se encoxar com Jamal na pista enquanto as pessoas estavam espalhadas por todo canto, usando todo tipo de droga imaginável.

— Pensei *sim* que Floyd fosse problema. Eu só não me importei aquela noite. Foi ideia de Jamal ir até lá. Ele não queria que você ficasse tão sozinha tão cedo, mas ele achou que não iria concordar em ir para qualquer outro lugar. E eu estava em um ponto onde precisava de algo, qualquer coisa, para me ajudar a sacudir a tristeza. Então dancei, mas não usei drogas. Não faço isso. Mas, escute, ok? Aquele Floyd definitivamente gosta de você. Jamal também acha isso. Mas Floyd não é o tipo de cara com quem nenhuma garota que quer viver além dos 20 deveria sair. Você pode arrumar coisa bem melhor.

Posso nada, e sabemos disso.

Eu rio, aquela risada amarga. Acho que Jamal me ama à própria maneira. *Bagunçada, já descobri.* O caso do rap-to foi uma armação de Jamal para dar a sua namorada tempo de falar comigo sobre Laura, e para que uma garota me falasse sobre um garoto-problema. Até parece que Bex se importa se saio com aquele Floyd. Até parece que tem algum cara aí interessado em mim, então qual é o problema? Dê-me um biscoito Scooby.

— Posso te perguntar uma coisa? — indaga Bex. Desta vez ela pega meu cigarro e o termina.

— Acho que você vai perguntar de qualquer jeito, então por que não pergunta logo? — *Como você acabou de fazer, terminando meu cigarro.*

Bex olha para mim, esperançosa de sua forma morena atrevida.

— Tudo ok? Eu e Jamal?

— Ok como? — Não está ok de jeito nenhum.

— Ok com você. Sei que o que está acontecendo entre ele e eu é repentino e estranho, mas é intenso e parece real. Só que eu não quero me colocar entre vocês... você sabe... na *amizade* de vocês? — Aquela palavra "amizade". O que ela está realmente dizendo/perguntando? Não faço ideia. Ou faço, mas nego.

Bex não poderia saber o que sinto por Jamal; qualquer pessoa que dá o apelido de "8 Mile" a alguém acredita que uma garota pesadona naturalmente entenderia que seus sentimentos por um garoto jamais seriam correspondidos. O garoto fica com garotas como Bex.

Nossa confiança não vai se estender a esse campo.

— Seu relacionamento com Jamal não é de minha conta. Ele seria o primeiro a te dizer isso.

— Ele disse. É que... Não quero que o clima fique ruim entre nós duas. Nós gostamos das mesmas pessoas. E quero que você fique a meu lado. Porque a família de Jamal, você sabe... Eles não gostam de mim.

Sério?!?!

— Bem, eles não têm a mesma visão política de seu pai — argumento. Estou certa de que é só isso. Eles recebem bem todo mundo.

— Não é isso.

Sério?!?!

— Então o que é?

— Quero dizer, eles gostam de mim. Só não com Jamal. Eles não dizem diretamente. Mas eu sinto. Há uma frieza. Tudo bem eu dar aulas para a filha deles, ser amiga do filho... mas namoro? Estou do lado errado da paleta de cores.

Finalmente, é minha vez de ter um pouco de paz. Bex tem tudo: o privilégio, o futuro, o corpo magro, o garoto. Então se a família do garoto escolhe não a aceitar, não tenho problema com isso. Eles me aceitam.

144

Um Cochilo com Miles

O SONHO É REAL ENQUANTO VOCÊ ESTÁ NELE.

Todos aqueles que apontam o dedo, alertando sobre o que não fazer — *Não* use drogas! *Não* fume! *Não* beba! —, não entendem que existe uma razão para as pessoas *usarem* essas coisas. É gostoso naquele momento. O risco e as consequências — vício, doenças, uma vida fora de controle até a morte — não importam quando você está dentro da *coisa*.

Dentro de meu sonho bacanão, isto é o que *não* acontece: Bex e Jamal não se sentam na frente de mim e de Jason no jantar em um restaurante perto da Universidade de Columbia depois do jogo do Yankees, se beijando e rindo, como se eles fossem seu próprio universo particular. Depois do jantar, Jason não coloca o braço ao redor de meu ombro enquanto andávamos, como os velhos amigos que não somos, pelo Riverside Park ao longo do rio Hudson, atrás de Bex e Jamal, que não estão nem aí para mim e para Jason (nos tocando;

sem razão alguma!), nem para o fato de que os olhares que o casalzinho recebe das pessoas tem tanto a ver com o aperto cacau-baunilha de suas mãos quanto com o quão atraente são. Quando chegamos ao apartamento no Riverside Drive da avó de Jason, de férias em Martha's Vineyard, Bex e Jamal não se retiraram imediatamente para o quarto dos hóspedes para ficar a sós.

Avós não deveriam mesmo deixar apartamentos vazios para jovens adultos. As coisas que o pessoal apronta...

Eu posso ter sido rap-tada, mas não viajei despreparada. Estou pura desde aquela noite em Pouso Forçado, então a próxima viagem pode ser extra boa. Esse é o motivo pelo qual quem *faz* isso precisa de um intervalo. Para que a volta seja ainda melhor — a volta da vitória. Merecida.

O que *faço* quando Jason e eu ficamos juntos na sala, abandonados, é dividir com ele o estoque de Laura. Nós vasculhamos o saco, como se fossem balas de Halloween, e pegamos dois comprimidos para cada. É um pernoite, sem responsabilidade sobre ninguém além de nós pela manhã. Podemos ficar tão chapados quanto desejarmos.

Nós cochilamos, mas não cochilamos. Estamos satisfeitos. É um momento macio como veludo, não tem nada a ver com o fantasma que nos aproximou e nos juntou esta noite, ela, cuja ausência nos tornou mais velhos tão rápido, e mais amargos e mais tristes.

Por sermos rapidamente transportados para o sonho, o melhor, melhor tipo, dose dupla, não hesito em me jogar ao lado de Jason no tapete da sala. Não sou a garota gorducha, sem atrativos, impopular que divide um momento secreto e íntimo com o bonitão da Ivy League. Nesse momento, sou leve e livre e *perfeita*. Desejada.

Estamos alojados no chão, mas flutuamos em uma nuvem na cobertura. Jason e eu ficamos deitados um ao lado do outro, de ladinho, vestidinhos, olhando um para o outro, silenciosamente ruminando nossos Pensamentos Profundos sem a necessidade de falar. Exceto quando um de nós fala.

— Nunca tinha reparado como você é bonita — murmura Jason. — Seus olhos azuis são iguais aos dela. Dentro do sonho, o verdadeiro significado do que ele acabou de dizer não é: *Pena que você não tenha o corpo dela.*

— Nos dedos — revelo. — Gosto quando dá para sentir nos dedinhos do pé. — É a melhor parte da viagem, em minha opinião, quando a comichão desliza pelos dedos, sinalizando sua intenção em espalhar amor por todo o corpo.

Jason procura um controle remoto enfiado embaixo da almofada do sofá, então aperta um botão para que a música clássica de sua avó comece a tocar. Mozart e remédios: não combinam muito. Muito furor sinfônico, é muito autoritário. Mas qualquer barulho que possa apagar as batidas da cama e os afiados gemidos do êxtase dos amantes vindo do outro quarto é bem-vindo. *Heil.*

As mãos de Jason se movem para tocar minha bochecha.

Fora do sonho, eu tinha certeza de que iria flutuar por toda a vida eternamente intocada.

Jason decide se abrir.

— Em dois anos juntos, só fizemos sexo cinco vezes. Ela tomava remédios, não se interessava. Disse que se sentia totalmente frígida. Mas, quando se interessava, era um desafio;

porque ela havia parado de tomar remédios quando não devia parar. Claro que, então, eu não ficava interessado. Não desse jeito. O preço era muito alto.

Desculpe, não pedi para ser acordada do sonho.

Eu podia jogar os clichês de sempre aqui:

O que aconteceu não foi sua culpa.

Você vai se apaixonar de novo.

Vai ficar tudo bem.

Não vai ficar tudo bem.

Ele nunca vai encontrar outra namorada tão bonita quanto Laura.

Ele podia ter tomado conta dela melhor, ter garantido que ela tomasse os remédios.

Fique dentro do sonho. Fique dentro do sonho. Nenhuma patrulha pode entrar aqui.

Preciso confortá-lo, mantê-lo dentro do sonho. *Não acorde, Jason. Ainda não.*

Eu me estico e ouso tocar seu nariz. É sua única imperfeição física, quebrado em uma partida de lacrosse, anos antes. Era o lugar onde Laura podia ser vista depositando um beijo carinhoso em seu namorado. Ela não era o tipo PDA, de públicas demonstrações de afeto. Mas ela amava o ferimento de Jason.

— Por favor — sussurra. — Aqui não.

Ele pega minha mão e a coloca em outro lugar, lá embaixo. Sua mão guia o toque da minha. E é tudo isso: uma leve e confortável carícia sobre seu jeans.

Eu meio que quero flutuar para fora do sonho para que possa me lembrar dos movimentos, caso tenha de me lembrar deles para usá-los em uma futura vítima. Talvez um garoto que me beije de fato enquanto pega minha mão, em vez de fechar os olhos e só deixar acontecer.

Mas respeito o sonho e o desejo de Jason de ficar nele.

Acho que é bom fazer outra pessoa se sentir bem, mas não tenho certeza.

Desde então.

Estamos sentados do lado de fora dos banheiros em uma parada no New Jersey Turnpike na volta para casa, no dia seguinte, eu e Jamal, esperando por Jason e Bex.

Nunca mais ficamos sozinhos juntos.

Às vezes, quando estou sozinha na cama à noite, no escuro, deslizo para dentro de meu sonho especial. Lá posso fantasiar que Jamal e eu somos mais que amigos. O sonho especial não fere ninguém, não custa nada. Quem vai ficar sabendo? Lá, eu tenho a liberdade de pegar seu rosto na palma das mãos, para plantar beijos suaves em seus olhos, para correr os dedos pelo arco de suas sobrancelhas, para esfregar meus lábios nos dele. Lá, ele compartilha de meu desejo.

Aqui, eu tenho de dar apoio quando ele fala de Bex. Ele está orgulhoso e livre dentro do poder do novo amor.

— Diga que você gosta dela — pede ele.

— Gosto dela.

— Agora diga com vontade.

Os verdadeiros sentimentos que tenho por Jamal não têm para onde ir; eles podem vagar pela rodovia; sem rumo, como a grama poluída.

— Eu gosto dela. — O que quero dizer é que a *aceito*. *Porque* eu *te* amo.

Ela não é totalmente horrível. Ela tem sorte em tê-lo.

Ainda estou um pouco chapada. Vai ficar tudo bem.

Eu podia estar mais chapada. Abro minha mochila, procuro o saco.

— Não, Miles — implora Jamal. — Por favor, não. Por mim.

Olho para ele. Isso é sério? Desde quando?

Não faço. Por ele.

Jason e Bex saem do banheiro.

— Vamos — chama Jason. Ele joga a chave para Jamal. — Acho que é melhor se você dirigir.

Jason não me olha nos olhos, nem me compra um refrigerante para a viagem. Eu entendo que o que dividimos foi mais uma dor que uma experiência. Eu podia facilitar as coisas e dizer que respeito a regra: *O que acontece no sonho fica no sonho.* Mas não estou me sentindo tão generosa a ponto de dar a ele o luxo dessa segurança. Quando voltarmos a D.C., já sei que nunca mais vou vê-lo ou saber dele de novo, a não ser por acaso; e tudo bem para mim. Esse rap da raptada, esse encontro dos quatro causado por uma garota morta foi um caso isolado.

Mas Bex e Jamal de casalzinho não é um sonho. Acorde, Miles. Ver os dois caminhando de mãos dadas para o carro de Jason, tão à vontade e felizes de estarem juntos, é claro que o relacionamento construído em minha ausência vai durar, mesmo depois que a dor passar.

Me Pergunte

Tanta coisa está acontecendo, e, ainda assim, nada acontece.
 Estou entediada.
 Estou com fome.
 Algumas coisas não mudam.
 Odeio o verão. Dura para sempre. Quase fico ansiosa para voltar à escola, só para ter alguma coisa para fazer.
 Diz a lenda que há gangues de meninas adolescentes que passam o verão em um surto de tagarelice, passeios de carro, passeios em shopping e compra de biquínis para fisgar os gostosões.
 Jamais serei uma dessas meninas. Fico aqui, no verão, com um pai amador, em um trailer dilapidado, e um companheiro de fumo rico. Oh, e o ocasional encontro movido a drogas com meninos que não contam na vida real.

Ninguém se importa em me perguntar por que parei de ir à livraria. A razão é simples. A livraria literalmente fechou de um dia para o outro: o dono faliu, a propriedade foi vendida, cadeado na porta.

Perdi tanta coisa mais importante recentemente, então o que é perder um emprego de meio período? É só mais uma coisa.

Já li todos os livros mesmo. Eu era a principal cliente da livraria.

Embarquei em uma nova missão para preencher o vazio de meu tempo livre, algo para dar esperança a minhas perdas: dieta relâmpago. Sem Jamal para me acompanhar na escola, preciso apresentar uma nova (e muito menor) Miles à turma no próximo ano.

A dieta funciona assim: não coma. Fume bastante. Refrigerantes estão liberados, assim como pastilhas de menta. Evite fumar baseados, pois isso pode despertar a larica.

Mas Miles, pode perguntar alguém, *por que não toma anfetaminas para perder peso? Por que tem de tornar as coisas tão difíceis?*

Obrigada por perguntar, Alguém! A razão é simples. Formas de estímulo artificial que aceleram a frequência cardíaca, como anfetaminas ou cocaína, me assustam. Não quero tanta vida assim. Prefiro ser anestesiada que acelerada.

Se eu apenas pudesse dormir o verão todo, eu dormiria, mas é um desafio quando seu suprimento começa a acabar, assim como seu dinheiro, e seu estômago fica vazio e rosna para você com extrema hostilidade.

Jim me encontra no jardim na hora do almoço. Estou sozinha em meu ponto de sombra favorito, entretida com as velhas atividades favoritas, fumar e ler, e também com minha nova atividade, não comer. Buddy está sempre cuidando dos sanduíches. Bex e Jamal... nem sei onde estão hoje. Parei de perguntar.

Creio que Jim vai se juntar a mim para fumar, mas em vez disso ele pergunta:

— Quer me acompanhar numa visita à Srta. Lill? Sei que pode ser difícil para você deixar de lado esse livro, *Noite* de Elie Wiesel, mas...

— Claro — respondo. Coloco o livro no banco. Só aguento um tanto de holocausto por dia.

A Srta. Lill era a antiga caseira de Jim; praticamente o criou. Agora ela vive em um asilo. "Vive" pode ser a palavra errada. Ela *existe* em um asilo, esperando pela morte. Ela tem quase cem anos de idade e uma leve demência senil. Mas é impressionante — não parece ter mais de 80 anos.

Uma visita ao asilo é exatamente o que o médico me recomendaria (se Alguém tivesse perguntado). Quanto mais eu me ocupar, mais evito a comida. Até agora, hoje, engoli dois refrigerantes, mais nada. Ontem eu segurei o dia todo até Buddy chegar. Aí não consegui evitar. Comi um sanduíche de queijo. Estava bom. Tão bom que mastiguei para sentir o gosto, mas cuspi metade fora quando ele não estava olhando. O vestido preto, que não fechava no funeral de Laura, agora está frouxo em mim. Orgulho.

Sem Laura, podemos fumar no carro de Jim. Ela fumava, mas só em segredo e ao ar livre; ela não gostava do cheiro entranhando suas roupas ou cabelo; o cheiro a denunciaria. Mas ela não está aqui agora para julgar. Quando entramos no carro de Jim e rodamos pelas ruas de Georgetown, coloco dois cigarros na boca e os acendo com o isqueiro elétrico do carro. Passo um para Jim.

— Posso te perguntar uma coisa? — indago.

— Pergunte.

— Por que você nunca se oferece para acender cigarros para mim? Tipo, eu posso estar sentada a seu lado enquanto você fuma com um isqueiro na mão, mas quando pego meu próprio cigarro, você passa o isqueiro, mas nunca acende o cigarro para mim. Sabe, como os cavalheiros fazem em filmes antigos.

Jim ri.

— Jamais tinha percebido que você notava. — Ele abre o teto solar sobre nossas cabeças para deixar a fumaça sair. — Por mais hipócrita que pareça, não acendo seu cigarro porque, em vários sentidos, ainda acho que você é uma criança. Não posso evitar que fume. Não devia nem estar fazendo isso com você. Mas passar o isqueiro é reconhecer que não apenas estou sendo conivente com nosso mau hábito, mas que a vejo como adulta. O que não é.

— Isso não foi um insulto, foi?

— Não foi. — Ele traga. — Não tenho visto Jamal ultimamente. Está tudo bem?

Eu começo a dizer algo que iria envolver a mentira da palavra "bem", mas, em vez disso, digo:

— Eu o perdi para Bex. É amor de verdade, supostamente.

O rosto de Jim não revela nenhuma reação a não ser a fumaça saindo.

— Bex acha que a Dra. Turner não gosta dela porque ela é branca — acrescento. — Mas isso está errado, certo?

O rosto de Jim ainda não entrega nada, mas ele não foge da pergunta.

— Pode ter algo aí sim — responde ele. — A Dra. Turner é de uma prestigiosa família negra de D.C. cuja história nesta cidade remonta a bem antes dos tempos da Guerra Civil. Ela se formou em Spelman, recebeu seu PhD em Howard. Como educadora no sistema de ensino público de D.C., tenho certeza de que ela viu vários jovens negros promissores serem presos e as mulheres, mães, filhas, irmãs, namoradas, deixadas para trás. Não ficaria surpreso se ela preferisse que os jovens negros notáveis que criou fossem reservados para as notáveis jovens negras.

— Então a Dra. Turner não é uma santa, né? — Ela é tão preconceituosa quanto a gente. É quase um alívio saber disso.

— Ninguém é santo, Miles. E a Dra. Turner ama o filho. Ela respeita qualquer escolha que ele faça, no fim das contas. Mas deixe disso agora, ele e Bex são jovens demais para ser sério. Tenho certeza de que isso vai passar.

Eu tenho certeza de que não.

— Como você teria se sentido se Laura namorasse alguém que não fosse branco?

Isso é o que está acontecendo conforme o tempo passa: fica menos pesado dizer seu nome de maneira casual.

— A mesma coisa se ela tivesse escolhido sair com uma mulher. Amor é amor. Eu esperava que ela escolhesse uma boa pessoa, não uma raça ou um gênero. Espero o mesmo de você.

E se ninguém jamais *me* escolher?

Ninguém nunca escolheu a Srta. Lill.

Ela tem quase cem anos, e, em nenhum desses anos, um homem se aproximou para casar com ela ou para fazer filhos com ela. Quando a Srta. Lill morrer, a única família em seu túmulo será Jim, o velho que ela criou, e que vai enterrá-la.

— Botânica — explicou Jim para Laura e para mim quando perguntamos por que a Srta. Lill não tinha família. Ela era uma loba solitária por natureza, mais interessada em cuidar da natureza que em encontrar um parceiro. Ela projetou e manteve os jardins abundantes da casa de Jim enquanto ele crescia; os jardins eram o presente da família para ela. Ela passaria o tempo todo lá se pudesse, de acordo com Jim. Ele costumava nos dizer que se a Srta. Lill tivesse nascido uma geração depois, teria seguido um caminho como o da Dra. Turner — talvez ela tivesse feito um doutorado em ciências das plantas, e aí iria inventar curas para as plantas ou esculpir famosos jardins botânicos em algumas cidades notórias da Europa; algo realmente grandioso e digno de seu cérebro.

A maldição da palavra com B.

Bibliotecas. Eu provavelmente passaria meu tempo todo sozinha, perdida em bibliotecas se eu pudesse. É mais fácil assim. Mas, embora eu suponha que esse caminho não vai me levar a lugar algum em termos de carreira, pelo menos sei que existe uma oportunidade para mim... se eu escolher segui-la.

Bolo de mirtilo. É o nome da suculenta sobremesa feita na padaria no final da rua onde ficava a livraria. Minha fome está gritando em minha barriga. Nenhum menino nunca vai me querer se meu corpo for um balão.

Boazinha, Miles. Contenha-se. Olhe para o belo céu brilhante de D.C., não pense no seu bucho de bola.

A Srta. Lill vive em um asilo na região nordeste de D.C. A cidade é dividida em quatro quadrantes: Noroeste, Nordeste,

Sudoeste e Sudeste. A Srta. Lill veio de Anacostia, no Sudeste — a favela de D.C., debaixo do nariz do Capitólio. Jim teria pago para ela se aposentar e morrer onde quisesse. Ela podia ter ficado no Noroeste, onde a maioria das pessoas brancas vive; na casa de Jim em Georgetown com cuidados 24 horas; ou aposto que ele pagaria para ela passar seus últimos anos no asilo mais chique no sul da França, se ela pedisse. Ela não pediu. Mas a Srta. Lill escolheu, quando ainda era capaz de fazer essa escolha, o asilo na região Nordeste, lar da classe negra trabalhadora de D.C. Quando se mudou para lá, ela se graduou em velha normal com necessidades especiais. A Srta. Lill foi direto para a ala de Alzheimer do asilo.

Enquanto Jim e eu passamos pelo corredor, muitos dos residentes da ala estão sentados em cadeiras de rodas. Seus rostos são velhos e fascinantes, e quero inspecioná-los mais de perto, demoradamente, mas as bocas nos rotos fazem muito barulho, gemendo e dizendo palavras sem sentido — "PARE!" "Aqui, gatinho!" "ERRRR!" "Saia daqui para ontem!" —, então fico muito intimidada e assustada para fazer qualquer coisa além de manter minha cabeça baixa e agradecer por Jim nos levar imediatamente para o quarto da Srta. Lill em vez de parar para dizer olás amistosos para Os Dementes.

A Srta. Lill está sentada na cama quando chegamos, e arruma um vaso de flores no colo. Suas mãos tremem, então uma enfermeira segura o vaso para ela.

— Jim! — É um bom dia. A Srta. Lill se lembra do nome dele. Ela sorri e passa as flores para a enfermeira levá-las embora, depois se vira para mim. — Srta. Laura, o que você fez com seu cabelo? Que cor *horrível*. — Talvez um dia não tão bom assim.

Jim se aproxima para beijar sua bochecha, e faço o mesmo. Ela sussurra em meu ouvido:

— Laura, querida, chega de doces. — Ela pega uma dobra de gordura de minha barriga.

Vinda de qualquer outra pessoa, essa colocação iria fazer com que eu me sentisse envergonhada, mas não da Srta. Lill. Quem *me* dera tivesse essa demência. Não há responsabilidades; você pode dizer a qualquer um exatamente o que sente. É incrível. Além disso, há menos gordura em mim para ela pegar agora. Estou com um número a menos que da última vez que a visitei. Com Laura.

O segredo de visitar gente bem, *bem* velha é entender de antemão que não há nada para fazer durante a visita. Você não pode levá-las ao cinema. Não pode discutir como a vida é um desperdício. Na maior parte do tempo, você fica sentado, talvez fale sobre o tempo e a comida da cantina ou, se você for Jim, pode falar sobre orquídeas por vinte minutos; não sei como ele fica acordado. E, quando todos os assuntos secam mais rápido que um dendrobium, você vê TV... bem, *bem* alta. A parte importante da visita já foi cumprida: aparecer.

Laura e eu costumávamos gostar de passar tempo com a Srta. Lill, sentadas em cada canto da cama, massageando suas mãos secas com hidratante, depois passando esmalte em suas unhas rachadas. É assim que passo o tempo com a Srta. Lill agora, enquanto ela assiste o canal Home and Garden com Jim e eles não falam sobre o que não devemos falar com a Srta. Lill: Laura; a verdadeira, não eu, a gorducha.

Ei, Srta. Lill, não digo agora, *você sabia que Laura e eu costumávamos tomar seus remédios?*

Segredo de Laura: a Srta. Lill iniciou Laura no uso de comprimidos bem antes de percebermos que havia um traficante com quem poderíamos contar (Laura era educada demais para entrar nesse meio, de qualquer forma, mas eu não, embora somente em situações de emergência). Tínhamos 15 anos, e Jim nos colocou em um projeto de finais de semana: cuidar da tarefa bastante adiada de limpar os quartos da Srta. Lill em sua casa, onde ela morou por meio século antes de se mudar para o asilo. Claro que Jim tinha recursos mais que adequados para pagar outras pessoas para fazer isso, mas suspeito de que ele notou que Laura e eu passávamos menos tempo juntas desde que o ensino médio começou, e queria oferecer uma desculpa para ela e eu nos conectarmos. Ele nunca fez a conexão de que nossa união naquele final de semana foi causada pela descoberta de Laura da caixa de remédios cheia de analgésicos, prescritos para os anos de problemas nas costas e no pescoço da Srta. Lill.

Se a Srta. Lill tiver sorte (e espero que tenha), vai morrer em paz no asilo. Vai morrer durante o sono, da mesma forma que Laura escolheu.

Estou certa de que a morte de Laura foi pacífica, mas ninguém deu certeza. Não que eu tenha querido ler o relatório da autópsia. Meu cérebro faz um esforço extra para bloquear o fato de que uma coisa dessas foi conduzida em Laura.

Jim muda para o canal de história quando o Home and Garden vai para o comercial.

— O Sr. Churchill — começa a Srta. Lill — não era um homem muito bonito. — O rosto na TV na verdade é de Hitler. Eu quero desligar, focar na massagem na mão, mas não posso. Aparentemente vou ter de tolerar mais holocausto hoje; a televisão não me deu escolha.

No nono ano, a aula de história me levou para uma viagem de campo para o Museu do Holocausto; não tivemos escolha nisso também. (Quero dizer, você podia não ir. Mas que tipo de idiota você iria parecer?) E os retratos e filmes naquele "museu", a parada de esqueletos de vítimas, as câmaras de gás, os campos de enterro em massa... não é algo possível de bloqueio. Vejo Hitler na TV agora, mas são as imagens que vi do que ele causou que invadem minha mente. E nem estou chapada. Também não quero estar. Mas sinto nas veias da mesma forma que sinto a fome no estômago: *preciso* ficar chapada. Para lidar com isso.

Quando olho, sóbria, para o que a humanidade é capaz de fazer, entendo completamente o caminho que a Laura escolheu. Quase parece lógico.

A Srta. Lill tira a mão esquerda e coloca a mão direita na minha para que eu ponha mais hidratante. O lado direito era sempre de Laura; A Srta. Lill não quer que ela fique desprezada.

O que as mãos da Srta. Lill teriam realizado se não tivessem sido impedidas por preconceitos além de seu controle? Genocídio nem se compara com o mal do racismo e do sexismo, sei disso, mas tenho de considerar: a cor e o gênero da Srta. Lill podem lhe ter negado oportunidades, podem tê-la relegado ao fundo do ônibus, mas ela era uma das sortudas?

Por outro lado, há uma pessoa de sorte como, digamos, Jason, um privilegiado garoto branco que talvez conheça a dor de ter perdido um amor — mas sua vida vai continuar, e é seguro apostar que ele vai viver uma vida adulta que colherá os benefícios de ser um rico homem caucasiano heterossexual. Por outro lado, há alguém tipo a Srta. Lill, que sofreu os efeitos da discriminação e, provavelmente, teve uma vida de solidão, escondida em um jardim; mas ela vive na cama agora, no final de seus dias, cuidada pelo homem que criou, que não vai poupar recursos para se certificar de que seus últimos dias sejam pacíficos e que todas as suas necessidades sejam atendidas.

Quem sofre mais? Provavelmente nenhum dos dois vai terminar como uma foto de defunto que os alunos casualmente inspecionam enquanto andam por um museu que examina o pior da humanidade.

Como você mede o sofrimento?

Meu estômago sofre de vontades constantes, constantes. Por que eu deveria ter o luxo de saciá-las quando tantos outros não podem? Hoje é o dia do camembert na linha de produtos de Buddy, mas meu metabolismo vai ter de se virar com cafeína e nicotina. Se minha aula de História Americana no próximo ano for visitar qualquer campo de batalha da Guerra Civil (a palavra educada para "cemitérios") em Maryland ou Virginia, espero estar *magra* para a experiência.

— Há liberdade no sofrimento? — pergunto a Jim. A cabeça da Srta. Lill cai em seu ombro; talvez a massagem na mão tenha embalado seu sono.

— Do fato ou da ideia do sofrimento? — questiona Jim.

— Da ideia.

— *Liberdade.* — Ele pausa por um momento para refletir sobre a palavra com L. — Às vezes acho que é uma ideia que nos escraviza. Nunca estamos livres da ideia de que podemos ser livres. Talvez seja a própria ideia que nos faça sofrer.

A Batalha Épica pela Supremacia do Sanduíche de Queijo

São duas adoráveis mocinhas na casa da árvore, trazidas a espectadores indiferentes por uma dose tripla de Percs, em uma contagem de miligramas que pode agir onde, simplesmente, um ou dois comprimidos poderiam não funcionar.

Em um canto, temos a Srta. Miles. Ela é uma super-heroína, verdade, mas não quer nada além do sanduíche. Ela representa o macio de veludo (se o macio de veludo significar plástico) do gosto de Velveeta. Seu uniforme azul bebê de super-herói está polvilhado com as iniciais "GG" sobre os grandes seios. Ela é a Garota Gorducha, a mais simpática, mais tolerante nova heroína anti-heroína do mundo. Essa heroína nunca iria injetar heroína, por sinal. Ela tem *princípios* e sabe que marcas de agulha não ficam bem como emblemas na atraente superpele de super-herói; em vez disso, sua ampla pele deve prevalecer. O futuro dos gordos está em jogo.

No outro canto, temos a Srta. Lill. Ela é a super-heroína não de uma nova era, mas de uma era realmente, realmente antiga. Ela é a "VD" — Velha Dama. Seu uniforme de super-herói é um robe de hospital e chinelos. Ela fica cronicamente curvada por conta da osteoporose ou da narcolepsia, ninguém sabe ao certo. Ela é uma guerreira incansável (bem, ela tenta) por sanduíches de queijo suíço. Certa vez, ela cuidou de campos que alimentavam vacas que produziam o leite para o queijo. Ela se importa com a qualidade do produto. Quando se lembra de se importar.

A Garota Gorducha e a Velha Dama mostram suas cartas em uma mesa de jogos dobrável, colocada no meio da casa da árvore. Elas balançam as mãos antes de se sentar diante de seus pratos. Que o melhor sanduíche vença.

Um sino de almoço toca, anunciando o começo do round.

A Garota Gorducha mastiga seu sanduíche Velveeta depois de 0,001 segundo do sino, mas a Velha Dama nem belisca o seu suíço. Há uma batalha épica acontecendo, mas ela prefere tagarelar a mastigar.

—Sou da Suíça — anuncia a Velha Dama.

A Garota Gorducha a reeduca entre mordidas.

—Não, você é de Anacostia, no sudeste de D.C.

—Dá na mesma — diz a Velha Dama. Ela toca o suave e branco Pão Maravilha, mas não traz sua luxúria à boca.

—Hum, não dá. Alojamentos de esqui nos Alpes versus pobreza de D.C. Dois universos completamente diferentes. — O pão do sanduíche da Garota Gorducha é uma baguete difícil de mastigar, poderia ser uma infração de tempo, mas não quando sua concorrente ainda tem de ser lembrada de competir.

—Você já esquiou? — pergunta a Velha Dama.

—Não, esquiar me assusta. Parece que exige esforço demais para chegar a um barato breve demais.

—Concordo. Ei, *aqui* está meu Oxy! Passe-me um, pode ser?

—Claro. — A Garota Gorducha engole o último pedaço de seu sanduíche antes que a Velha Dama tenha mordido o seu. Velveeta ganhou novamente. O produto americano sempre ganha. E os *doces*, ainda há sobremesa para esmagar e cheirar, talvez para acrescentar algo mais?

—Mais! — grita a multidão. — Mais! — Eles querem sangue. Algumas pessoas nunca estão satisfeitas.

— Precisamos terminar o próximo round de sanduíches antes de chegar à sobremesa — cochicha a Garota Gorducha para a Velha Dama. — Temos dois rounds antes do final. — GG olha o próximo prato: cheddar de Wisconsin contra queijo de cabra de Wyoming. Quem diria que Wyoming estava nessa?

— O QUÊ? — grita a Velha Dama.

— O público quer mais. Precisamos comer mais sanduíches.

— Não. Eu já ganhei. Não ganhei? — A Velha Dama olha para o público. — Eu tenho habilidades iradas de botânica! — canta um rap para eles. Depois finge pegar um microfone. — *Huh-hu huhhuhuh-huh.*

O público urra de aprovação, joga flores na VD, margaridas e rosas e, alguém estava com muita preguiça, ervas.

A Garota Gorducha não liga para a aprovação da multidão, mesmo que ela tenha legitimamente vencido a disputa. Sua barriga está cheia. É tudo com o que se importa realmente. E ainda há sobremesas pelas quais ansiar.

A Garota Gorducha e a Velha Dama levantam os braços no ar e batem as mãos juntas, um fantástico final de filme de super-herói.

Comprimidos da paz caem do céu, como confete, um prêmio.

Hora de celebrar.

Apanhando do Sol

O SOL É MEU INIMIGO.

Se eu fosse uma vilã malvada de quadrinhos, seria aquela que iria destruir o sol. Não iria destruí-lo para subverter a energia do mundo a meu próprio lucro impiedoso. Faria só por fazer.

Já li toneladas de revistinhas e quadrinhos, e deles deduzi que o que gera um grande vilão não é seu plano megalomaníaco de destruir o mundo ou se vingar de um determinado super-herói. O que importa é a malvadeza do vilão, uma força que comanda o personagem e é maior que a história. Eu admiro os bitolados.

Eu só me bitolo no inverno: escuridão e frio e grandes casacos para cobrir tudo. Nunca chega cedo demais para mim. Quem me dera durasse o ano todo.

Em minha encarnação dos quadrinhos, depois que o super-herói frustra minha missão de destruir o sol, eu provavelmente me aposento em algum Asilo para Velhos Vilões no extremo norte da Finlândia, onde o sol só aparece uma hora por dia e, como sou uma americana que tem medo de outras culturas, não falo sua língua nativa, e apenas acenamos com as mãos para comunicar nossas necessidades básicas: comida e água e meu atraso para entregar os livros da biblioteca. O mundo está a salvo da malvada Miles novamente.

O longo verão quente de D.C. sem Laura se estendeu com uma crueldade extra: aridez. A falta de chuvas deste verão significou temperaturas ainda maiores, umidade crônica, que tornou meu cabelo literalmente uma selva, e um sol que não vai embora. A parte mais cruel é acordar com esse sol. Sinto-o no rosto antes que meus olhos se abram. Pairando no estado entre dormir e acordar, o brilho quente do sol em meu rosto bate em minha consciência com falsa esperança: *É verão. O que Laura e eu vamos fazer hoje?*

Então abro meus olhos e lembro.

Tenho medo de acordar para essa luz. Cada dia me lembra de que Laura se foi, e o mundo que conheço é imediatamente afundado nas trevas. É como se o dia nem tivesse uma chance. O sol me pega primeiro.

Mas pior que acordar para a provocação maligna do sol — *Laura está morta, nunca mais vai dividir o sol com você* —, pior ainda que acordar com o calor do sol que provoca uma terrível enxaqueca pós-perc e uma *necessidade* danada de escuridão, é o horror de abrir os olhos para ver Buddy sentado a meu lado.

A princípio não sei onde estou. A luz do sol brilha no lado errado de meu rosto. Um cobertor está enrolado em minhas pernas; normalmente durmo sem cobertas no verão. Aí me lembro da noite anterior: comprimidos felizes. Eu devo ter dormido dentro da casa da árvore, desejando que Laura estivesse comigo.

Eu chuto o cobertor para longe. Que tipo de sádico iria me cobrir com um calor desses?

— Você estava tremendo enquanto dormia — explica Buddy. Ele parece preocupado, mas desliza para o sarcasmo. — Se coçando bastante também. Noite difícil?

Eu pego o cobertor e o coloco no rosto para que não tenha de olhar para ele. Assim posso bloquear a luz.

Ele não percebe a dica para CAIR FORA.

— Sua mãe ligou hoje cedo. Disse que era importante falar com você, então fui te procurar e te achei aqui. — Vejo um movimento de sombra através do cobertor e sinto a mão de Buddy em meu ombro, talvez querendo fazer carinho ou algo assim. A mão reconsidera e volta para o lado de Buddy. Boa escolha. — Eu disse a Mel que você iria ligar para ela mais tarde. Não estava em condições de falar com ela esta manhã.

Não preciso ligar de volta para Mel. Já sei qual é a conversa.

— Mel não vai voltar, vai? — pergunto. Me viro de lado, para longe de Buddy. Queria que ele não olhasse para mim. Queria que *ninguém* olhasse para mim. *Nunca.*

— Não prefere ouvir dela?

Estranhamente, não prefiro.

— Você podia me dizer — sussurro.

— Ela não vai voltar. Vai ficar em Londres com Paul.

Como imaginei.

Bom. Agora posso mesmo ter a casa de hóspedes para mim. Vou transformar o quarto de Mel em uma biblioteca. Talvez descubra se posso ter uma máquina de pinball aqui. Sempre quis uma. Só preciso arrumar alguém para jogar comigo.

Eu me viro de volta, tiro o cobertor dos olhos, olho diretamente para Buddy. Ele devia reconhecer. Sou uma menina grande. Eu aguento.

— Posso comer um sanduíche? — pergunto a ele. Alimentar a dor de cabeça com comida às vezes a engana. Se a comida não funcionar, vou precisar alimentá-la com mais percs, tenho alguns enfiados dentro da fronha em minha cama, no quarto, para uma emergência assim.

— Está aqui esperando por você. — Buddy aponta para o sanduíche em um prato no chão, a meu lado, com um copo de leite.

— Você podia esquentá-lo? — peço. — E trazer um refrigerante? Com gelo? — *E não vou me acostumar com seus sanduíches porque sei que você vai embora já já também.*

Ele parece intrigado. Ninguém nunca pede para que melhore seus sanduíches.

— Por favor? — acrescento.

— Claro. Claro. Por que não? — Ele dá de ombros

Ele vai ter de ir até o trailer para grelhar o sanduíche. Enquanto estiver lá, posso ir escondida ao quarto e abrir a fronha. Por que não usar dois métodos de matar a enxaqueca ao mesmo tempo? Vou estar de volta na casa da árvore antes que Buddy tenha virado o sanduíche na grelha. — Tomate no queijo também seria bacana, Buddy.

— Ótimo.

Como se minha cabeça não estivesse doendo o suficiente, meus olhos captam a expressão dolorosa no rosto de Buddy; o olhar é doloroso para *mim*, vê-lo tão feliz por eu ter pedido algo.

É tarde *demais* para começar os momentos ternos de ressaca pai-filha.

Buddy começa a se afastar, então para na porta. A ficha caiu em sua mente lesada. Ele não se vira para me encarar, mas fala com a porta palavras dirigidas a mim.

— Miles, eu já estive lá, já fiz isso. Então se você acha que vai escondida dar uma recarga enquanto estou lá fora, apenas saiba que, quando te procurei esta manhã, achei seu suprimento. Joguei na privada. Se foi.

A dor de cabeça e o sol que se danem. Saio da cama e fico de pé e jogo o cobertor nele.

— COMO SE ATREVE!

As trevas se transformaram no apocalipse. Não vou sobreviver. Não vou. Não consigo acreditar nisso.

Pânico. Pânico. Pânico.

Não.

Não há tempo para pânico. *Pense, Miles. Pense.*

Empurro Buddy para um lado. Sou eu que vou embora. Não ele.

Odeioeleodeioeleodeioeleodeioeleodeioele.

— Aonde está indo? — exige ele.

— Vou procurar Jim. — Jim sabe um jeito de me salvar, de acertar as coisas. Ele vai chutar Buddy para a rua se eu pedir; pelo menos chutar da propriedade de Georgetown para algum lugar bem longe. Sei que vai. Buddy devia ser banido para... *Virginia*. Ele merece.

Isso não está acontecendo.

— Boa ideia — diz Buddy. — Eu vou com você. Vou contar a Jim por que a privada da casa de hóspedes está entupida, informar que tipo de coisa vou ter de tirar de lá. A não ser que você ache que Jim deva chamar um encanador profissional.

Eu paro na hora.

Não vou achar Jim. Não vou a lugar algum.

Não tenho lugar nenhum para ir.

A Dona do Sonho

Como o sonho é tão perfeito, posso sair dele.

A perfeição é difícil de atingir. É ainda mais difícil de manter. Não posso me permitir ser tão voltada para a fantasia. Nunca devia me importar tanto com *nada*.

Não quero ser uma escrava do sonho. Preciso possuí-lo, e não o contrário.

Buddy e eu firmamos um compromisso. Ele não conta a Jim sobre meus escapes, e eu prometo a Buddy que paro de usar essas coisas. Além disso, pela manhã tenho de ajudá-lo a fazer sanduíches para vender de tarde, em vez de ir com Buddy a uma reunião de noite.

Meu verdadeiro castigo não é minha nova vida de sanduíches. É que não importa a quantidade de olhares raivosos que eu lance em sua direção, ou o gelo que dou nele quando me sento a seu lado, embalando sanduíches em papel de seda... Buddy simplesmente. não. me. deixa. sozinha.

Vai ficar tudo b!e!m!

Buddy deve se iludir achando que é algum tipo de curandeiro. Pai do Ano. O que ele não sabe é que só encontrou e jogou fora o suprimento remanescente de Laura, preso embaixo de minha cama. Ele não achou o(s) suprimento(s) supersecreto(s) dentro de minha fronha ou as embalagens de remédios que diz Zyrtec ou Claritin, mas contém Vicodin e Percoset. Mel jamais percebe quando troco os comprimidos de aspirina dentro de suas embalagens, e eu fico com a coisa boa para mim. Placar de Miles #1: os calmantes que receitaram para Mel e ela mal usou depois de sua cirurgia de joanete primavera passada. Placar de Miles #2: um ponto duplo, dos analgésicos que Mel pegou quando suas costas se ferraram, mas seu sistema digestivo não tolerou a medicação e o médico lhe deu outra receita, e Mel não apenas se esqueceu da primeira receita deixada no armário de remédios, como também decidiu ver um quiroprático em vez de usar a segunda. Placar de Miles #3: uma receita de Percoset deixada pelo carinha de Londres de Mel, Paul, em uma de suas estadias breves em nossa casa de D.C. Não me importo e nem quero saber por que lhe receitaram essa medicação... vou pro abraço!

Então a mente maligna de Miles triunfa mais uma vez, seu suprimento de super-herói em plena vista de Buddy dentro do armário do banheiro e também prescrito legalmente; só não para mim. Eu sabia que minha mãe serviria para alguma coisa em algum ponto de minha vida. Passe-me o troféu, Papi.

Ainda assim, o estoque está curto, o inimigo está estacionado na calçada e não tenho emprego para financiar um estoque de reforço. Preciso tomar cuidado. Não ficar confiante demais.

Em vez disso, eu como. Preciso ser realista. Sem Laura aqui, comida é a única coisa que amo e que me ama de volta. Por que devo passar fome? Faço dieta depois, depois do verão, quando o calor e a tristeza e a solidão vão parecer menos difíceis dentro de um cronograma apertado de escola. Ou eu podia largar a ilusão de que um dia vou ser magra e desejável e perfeita, e apenas superar essa fantasia. Aproveitar a comida sem culpa — como faço com os percs; dentro deles eu *sou* magra e desejável e perfeita.

Buddy me fez um favor, sério. Embora a abstinência dessa vez tenha sido mais difícil — pegue uma depressão básica que suga sua energia com ou sem um remédio, agora aumente e acrescente dores nas costas, de cabeça e aperto no estômago, além de coceiras irritantes —, eu aguento, sabendo que meu sofrimento será recompensado. Da próxima vez que eu escolher voltar para o sonho, o remédio será muito mais bonito, brilhante e restaurador.

Eu controlo *isso*.

Para garantir, fui ver Floyd no Pouso Forçado e verificar quais opções de reserva podiam estar disponíveis. Informação é poder... e controle. Quando chego lá, Floyd explica o preço atual do que quero e que Buddy jogou na privada. Não sei se é o preço do petróleo que faz tudo aumentar, mas uau, inflação.

— Tempos difíceis, cara — comenta Floyd, concordando de maneira solidária. Me reabastecer de remedinhos iria atingir minha carteira mais seriamente que a dor de cabeça de ficar sem eles. Não há um meio-termo? — Podemos chegar a um acordo — acrescenta Floyd, inspecionando meu peito e minhas curvas.

A safadeza de seu olhar não é sutil. Eu saio. *Não* vou ser *esse* tipo de gente. Posso precisar de um bom remédio, e de um possível namorado, mas não assim. A escolha é muito fácil.

Eu *posso* parar. Já provei isso. Não tenho problemas com isso. É mais um prazer proibido, como fumar e comer. Então vou deixar Buddy pensar que ele ganhou essa batalha mesmo que seja eu quem tenha vencido. Essa é a escolha que faço para proteger Jim — e o lar que ele me deu.

É possível que eu esteja sendo paranoica. Quero dizer, Jim fuma comigo com frequência. Somos parceiros no vício. Se ele descobrisse sobre os remédios, provavelmente não ficaria feliz. Mas não seria grande coisa. *Provavelmente*: a palavra operante que sustenta o elemento desconhecido. A variável conhecida é que não sou filha dele, então por que deveria me importar se ele sabe? É como a Dra. Turner diz: eu tenho um sonho. Jim seria a última pessoa a me negar isso, aposto. Entretanto, também aposto que ele nunca soube que Laura tomava uns comprimidos extracurriculares, e essa parte eu *definitivamente* não quero que ele descubra. Ele já passou por sofrimento demais nesse verão.

Trovão e raios; essas eram as dores de Laura.

Mas: chuva, finalmente!

Uma luz branca cegando a noite preta, e os sons da chuva triturando e rachando o céu em terror me acordam às três da manhã, depois que acabei de cair no sono (sem aditivos); a constipação e a dor nas costas que acompanham a abstinência tornam quase impossível ficar deitada na cama. Ouço o barulho violento do lado de fora da janela e, antes que eu tenha tempo de ter um pensamento consciente, saio da cama, correndo para fora da casa de hóspedes, para a casa grande e para o quarto de Laura. Instinto básico.

Mas a princesa em sua grande cama não está no quarto, esperando meu consolo.

Jim está lá em seu lugar, sentado na cadeira ao lado da cama, as mãos no rosto, chorando.

Ela não está esperando pelo consolo do papai também.

Não estou triste.

Estou furiosa.

A dor no rosto de Jim não é um sonho. Não há comprido forte o suficiente para matar isso, é grande nesse nível.

Ela achou que o suicídio fosse uma escapatória de sua dor. Talvez fosse, não sei. Mas, mesmo considerando os analgésicos que ela deixou para mim e que Buddy jogou fora, Laura também deixou para trás, para aqueles que têm de continuar sem ela, uma dor maior do que ela poderia ter sofrido ela mesma. Eu nunca, nunca vou perdoá-la por isso. Queria nunca a ter amado.

Esse ódio queimando meu coração é pior que a dor da abstinência trovejando pelo resto de meu corpo.

— Como ela pode ter feito isso conosco? — É Jim quem faz a pergunta. Ele não espera minha resposta, o que é bom. Não tenho uma e duvido de que esteja funcional o bastante para articulá-la agora. Suas palavras saem em fluxo, rápidas e furiosas, como a chuva lá fora. — Eu devia ter sabido. Eu *devia*. Ela estava animada demais logo antes. Lembra todo o exercício que ela estava fazendo logo antes? Toda a organização obsessiva? Os amigos, novos e velhos, que ela subitamente precisava ver? Eu achava que era só coisa de formatura, que ela estava animada em começar em Georgetown no outono. Eu estava aliviado em vê-la ansiosa por alguma coisa. Como pude ser tão cego?

Pelo menos agora estou aliviada de estar fora do sonho. A Laura que eu amava antes — não a que eu odeio agora — iria querer que eu estivesse totalmente presente para seu pai neste momento. Eu a sinto. Ela.

Eu seria a última pessoa que poderia transmitir sabedoria para Jim quanto às motivações de Laura. Quero dizer, eu não poderia oferecer a ele nenhuma dica de seus últimos dias que trouxesse consolo em vez de mais dor.

Então não digo nada. Sento-me na cama a seu lado e apenas ouço.

Isso eu consigo fazer.

Primeira Dama: Não Quero esse Emprego

Sou grande e estou no comando. Passei quinze dias sem uma carga. Esta é a primeira vez desde que tinha 16 anos.

Nós marcamos nosso verão em primeiros: primeiro Dia da Independência sem que Laura faça um piquenique no jardim para nós; primeiros fogos de artifício ouvidos do shopping sem Laura se esconder embaixo das cobertas com medo do barulho, mesmo que ouvisse as explosões todo ano e soubesse o que esperar; e agora, nossa primeira — e única este ano — festa/levantamento de fundos políticos de Georgetown no jardim de verão, sem Laura naquele belo vestido azul de gala, agindo como anfitriã de Jim (a não ser que ela estivesse em um dia sombrio, nesse caso ela poderia ser encontrada, como em um dia vermelho-branco-e-azul, embaixo das cobertas).

A primeira festa no jardim sem Laura é um levantamento de fundos organizado pela Dra. Turner — com uma ajuda habilidosa de sua Primeira Dama, Niecy, que está vestindo um belo vestido de princesa e um amplo sorriso de debutante. O objeto de celebração é a irmã da Dra. Turner, que planeja se eleger para a câmara municipal de D.C. As pessoas que a família recepciona fazem parte de uma lista de convidados montada por Jim e a Dra. Turner, e são membros variados da hierarquia gay de D.C. — líderes empresariais, lobistas, advogados e socialites que levantam suas bandeiras do arco-íris e usam suas malhas financeiras para apoiar as pautas políticas. Trocar favores com os dólares desses eleitores e seus dogmas é crucial para qualquer concorrente sério ao escritório de política local. A parte federal da cidade pode ser dominada pelos conservadores do Congresso, que criticam seu estilo de vida, mas a população residencial do distrito é substancialmente preenchida, particularmente no Noroeste, por aqueles "nessa vida".

Eu costumava me esconder na casa da árvore durante essas festas, observando o povo sem ter de participar, enquanto Laura vestia sua melhor expressão de "show" e presidia com seu papai orgulhoso. Nunca sentiam minha falta.

Este ano eu participo. Pelo menos apareço. Alguém tem de fumar em um canto remoto com Jim nesta primeira vez sem Laura, ficar ao lado de sua solidão. O benefício desse benefício é que Buddy saiu este final de semana. Como o trailer poderia assustar os convidados e seus talões de cheque, Jim perguntou, bem educadamente, se Buddy poderia partir temporariamente. Eu gostaria de pedir, bem pouco educadamente, que Buddy partisse de vez, mas não posso fazê-lo até estar certa de que ele não vai lançar meu não problema sobre Jim.

— Se importaria de me acompanhar em uma bebida, Lady Miles? — pergunta Jim.

— Não me importo com nada — lembro a ele.

Ele volta para nosso canto remoto com um refrigerante para mim. Eu passo a ele um cigarro aceso.

Estamos no canto do jardim, longe da parte central da festa. Nosso lugar secreto de fumar está agora coberto com uma lona, sob a qual garçons profissionais servem bebidas e aperitivos para os convidados. Os fumantes — e Jim e eu somos os únicos — ficam a uma distância respeitosa no canto do jardim, observando, a fumaça subindo ao longe nos arbustos.

Já estou pensando no que Jim fala em voz alta.

— Parece estranho ver gente reunida aqui de novo. Vivi nesta casa minha vida toda, dei festas provavelmente centenas de vezes durante os anos e, ainda assim, esta poderia ser frequentada por alienígenas, e eu me sentiria de fora do mesmo jeito.

— Acho que nós somos os alienígenas, não eles — digo. São tão vibrantes em suas conversas de champagne. Ainda arrastamos chumbo nos pés. Um dia eles vão se soltar?

Uso meu vestido balonê preto básico e jamais sonharia em entrar no manequim deles.

— Sou uma decepção como adolescente — digo a Jim.

— Por que acha isso, Miles? — Ele balança a cabeça, sorrindo.

— Niecy lá, ela é uma boa adolescente. Tem as roupas certas, o visual certo. Olhe, ela recepciona convidados com sua mãe e tia, mas também se enturma com os jovens que estão aqui com seus pais. Ela vai ter cinco convites para o cinema na semana que vem antes que a noite termine, garanto.

— Isso não é indicativo de ser um adolescente. É ser extrovertido. — Ele aponta para um casal atraente, dois jovens rapazes, parados ao longe, na fonte, segurando as mãos. — Eu nunca me acostumei com isso; acho que isso *me* qualifica como uma decepção. Lutei tantos anos para eles terem o direito, não, o *conforto* de fazer isso e ainda assim, quando vejo, sempre me surpreendo. Aqui vai uma risada para você, Miles. Quando eu tinha a idade deles, querendo tanto fortalecer e reforçar minha identidade, até tentei ser espalhafatoso, tentei ser uma mona. Jamais consegui. No fundo, eu era e sou só um velho branquelo entediante com um contador, e que gosta que suas camisas brancas sejam engomadas.

A imagem de Jim como uma mona é engraçada.

— Você já usa usou uma tiara de pedrinhas?

— Usei.

— Então não era uma decepção.

— Ah, mas eu era. Era minha tiara genuína da Tiffany, que pertenceu a minha mãe.

— Só é bizarro. Não decepcionante.

Jim levanta o copo para mim.

— Saúde, Miles.

Bato meu copo de refrigerante em seu champagne.

— Saúde, Jim, Rainha da Indigesta Velha Georgetown.

— O velho J. Edgar teria me invejado, em minha época.

— Tenho tanta certeza.

O chumbo se afrouxa.

A luz da lua, o jardim, o champagne; esses elementos devem ser inspiradores se você é jovem e apaixonado. Os dois homens na fonte dão um beijo terno, perdidos um no outro, e nos dois fumantes espiamos o momento romântico.

— Você acha que eles menosprezam o valor dos direitos pelos quais você e sua geração lutaram? — pergunto a Jim. Nunca vou ter um momento romântico como aquele com alguém. O melhor que vou ter é viver dentro de um sonho. Ou ver isso ao longe, fumando.

— Se fizemos nosso trabalho direito, eles menosprezam — responde ele.

Queromeusonhoqueromeusonhoqueromeusonho.

— Posso filar um cigarro? — A pergunta é feita por um dos meus: um freak adolescente. Cabelo moicano verde, piercing no nariz. Está usando roupa punk esfarrapada: jeans preto justo, coturno, uma camiseta gasta e com buracos. Eu o reconheço como filho das duas mulheres que vejo envolvidas na conversa com a irmã da Dra. Turner na mesa de bebidas.

— Não — dizemos Jim e eu ao mesmo tempo.

Irritado, o punkzinho faz beicinho. Dobra os braços sobre o peito e resmunga:

— Não sei por que vim pra essa festa idiota mesmo. O que me importa quem concorre à câmara municipal de D.C.?

— Você se importa de entrar para o serviço militar quando completar 18 anos? — pergunta Jim.

— Acho que sim — resmunga o Punk.

Eu me junto à causa de Jim. Quase sei o discurso de cor.

— Como cidadão de D.C., você vai ter de se registrar e se alistar no exército, se for chamado — digo. — Mas seu próprio representante eleito não vai ter influência na decisão de ir à guerra. Então a esperança é que eleger o representante certo para o governo municipal de D.C. possa ser um passo em direção a obter influência no Congresso, para interceder pelo direito de o estado de D.C. dar a você, como cidadão pagador de impostos que serve este país, os mesmos direitos de voto e influências dos cidadãos de outros cinquenta estados americanos.

Jim se inclina em meu ouvido.

— Está fazendo um ótimo trabalho em não se importar com nada, Miles.

Agora é Bex quem nos achou.

— Oi! — Ela segura meu braço. — Posso pegá-la emprestada, Jim?

Ela não espera pela resposta e me leva para longe em direção à casa, onde a Dra. Turner e Jamal estão parados na porta aberta da entrada principal. Dra. Turner não está usando seu tom educado de sempre. Ela está em uma conversa brava com o filho.

— Agora não é hora, Jamal... *Atlanta*... você está indo para *Atlanta* semana que vem, nem que seja a última coisa que eu faça... Não vou ouvir isso, Jamal.

— Não me fale — peço a Bex. — Você quer que eu proteja seu flanco?

— Por favor! — implora.

Moonwalking

Pedrinhas contra a janela de meu quarto. Três da manhã. Como nos velhos tempos.

Vai ser mais fácil quando ele for embora.

Não se passaram mais de algumas horas desde que a briga de Jamal com sua mãe terminou com ela saindo da própria festa na casa de Jim e com Jamal levando uma Bex chorosa para casa. Uma lua cheia brilha no céu da noite quando abro a janela de meu quarto para ver Jamal do lado de fora, esperando para fazer seu grand finale.

Jamal dá um moonwalk iluminado pela lua para me agradar. As cigarras cantam em aprovação.

Ele sorri para mim lá de baixo.

— Significa muito para mim você ter ficado do lado de Bex quando contava — diz Jamal.

Não fiquei, sério. Só fiquei do lado dela, segurando seu braço, enquanto a Dra. Turner tinha um ataque em público por seu filho ter escolhido aquela garota e aquele momento especialmente ruim para firmar sua posição.

— O efeito desejado é o que você consegue quando desenvolve seu dom de funk interplanetário — digo a ele de meu lado da janela.

— Formação de hábito danada coberta de chocolate — responde.

Pego um maço de cigarros do criado-mudo, enfio os pés nos Chucks e saio para encontrá-lo.

— Vamos dar uma volta — convida. — Vou embora de vez em breve. Mal vi você este verão. Me deixe te ver agora.

— Estou vestindo pijamas.

— E daí! — Ele aponta para meu pijama de Cookie Monster e faz sua melhor imitação do monstro peludo azul. — Mim quer *cookie*! E passear com Miles!

Jamal pega minha mão e me puxa em direção aos portões da propriedade de Jim. Ele está saltitando de alegria.

Como uma fumante pesada, não apenas não corro, como também não saltito. Tosse tosse. Em vez disso, solto minha mão da de Jamal, libertando-o — nada de toque, nada de toque, malvada malvada malvada —, mas o sigo. Ando em qualquer lugar, pelas irregulares pedras do pavimento de Georgetown no meio da noite, de pijama até, por ele. Especialmente já que estou sóbria e posso apreciar profundamente o cenário histórico da casa sob a lua amarela, a noite suave de D.C., e posso ter Jamal todo para mim, para variar.

— Você está muito felizinho para um menino que acabou de partir o coração da mamãe — digo a ele. — E o que levou você a escolher uma festa que sua mãe estava dando para fazer seu pronunciamento?

— Não faço ideia! — Ainda a minha frente, Jamal se vira e faz o moonwalk de novo, então posso ver seu belo rosto anunciando sua alegria. — Quando o espírito te leva, você deve ir, acho. Mas depois que deixei Bex em casa, chamei minha mãe no carro para pedir desculpas. Ela tinha se acalmado. Conversamos bem. Ela tem uma irmã do clube de moças da faculdade que mora no Harlem, tem um cafofo lá. Minha mãe vai ligar para seus amigos e ver se eu posso ficar lá enquanto me arrumo em Nova York, encontro meu caminho. Fizemos um acordo. Ela me apoia em ir para Nova York, eu concordo em ter aulas de meio período na faculdade comunitária de lá, depois que me ajeitar.

— Então você não está planejando morar com Bex?

— De jeito maneira! É *amor*, cara, mas somos jovens demais para isso. Bex tem a faculdade para começar. Eu tenho a vida dura de ator para tentar. Só queremos ser próximos, manter essa coisa que temos indo em frente, em frente. A vida de faculdade, agora, não era o que eu queria. E me sentia assim antes de me juntar com Bex. Sua mudança para Manhattan, para Columbia, só me deu a inspiração para fazer a escolha que queria fazer de qualquer jeito.

— E Bex?

— Que tem ela?

O moonwalk para. Ele olha diretamente para mim. As palavras não ditas são nossa dancinha.

Ele sabe? O que nunca posso dizer a ele?

— Sua família. Eles aceitam Bex?

— Estão se adaptando. Isso não era esperado.

— E quanto à família dela? — E quanto a como Jamal arrumou uma namorada, caiu de quatro por ela e mudou completamente o curso de sua vida nesse verão passado, enquanto eu apenas fumava e me lamentava e via a coisa acontecer de uma distância anestesiada.

Jamal ri.

— Ah, a família *dela* é uma causa perdida total! Jamais vão gostar da escolha de sua garotinha. Um *Negão*! Imagine! Politicamente, entretanto, ficaria feio não tirar proveito disso, então... — Jamal faz o moonwalk de novo, mas com uma expressão dolorosa e dura no rosto enquanto imita o Congressista Branquelo de Sempre. — Jamal, meu jovem. Bem-vindo. Você veio com algum membro da liderança do NAACP na família que possamos convidar para o Dia de Ação de Graças?

— Vai sentir saudades de mim? — pergunto a Jamal.

É o melhor que posso fazer.

— Claro que vou sentir saudades. Não que eu tenha te visto muito esse verão...

— Foi escolha sua — retruco. — Você escolheu Bex.

— Não. Eu te procurei bastante. Você não tem ideia de quantas vezes vim e te encontrei caída com um livro no colo. Acho que *você* escolheu a solidão. *Você* escolheu os comprimidos.

Isso é um tipo de hipocrisia que não vou tolerar.

— *Você* usou isso antes. Então por que eu sinto que você está *me* criticando?

— Eu experimentei. Curti um pouco, mas não sinto mais necessidade de experimentar. Já me diverti. Sigo em frente.

Não posso mais fingir; estar a seu lado e agir como se não importasse.

Fico feliz que esteja seguindo com a vida. Vá de uma vez.

Bex me fez um favor. Depois que eles saírem para seu universo encantado de Manhattan, a dor não vai se prender mais em meu coração e me apertar até a morte. Não se eles não estiverem aqui em D.C. para me lembrar de sua fe-fe-fe--felicidade. Viva nós, Casal do Século!

Pof!

O que os olhos não veem, o coração não sente.

Estar em controle do sonho significa saber que um usuário responsável não usa para escapar do estresse.

Não estou estressada. Estou livre. Finalmente livre! Posso viajar um pouco.

Estou limpa há mais de duas semanas. Buddy está fora no final de semana. Tenho meu suprimento secreto. *Mereço* uma dose.

Acho que Jamal ainda está falando — *Por favor, procure ajuda, Miles, blá-blá-blá* — mas quer saber? Tenho um plano.

Não comi quase nada nas últimas oito horas, quase como se soubesse que hoje seria a noite do grande retorno. De barriga vazia, a coisa vai durar mais, vai ser mais doce. *Sim!* Já-já-já-já.

Tchau-tchau, Jamal, vou voltar para casa, de volta para cama. Divirta-se em Nova York, espero que você se divirta pacas; como planejo fazer depois que você se for!

O Furacão Categoria 5 chegou ao continente. Hora de fechar as escotilhas e cair na tempestade perfeita.

O Jogo

MEU JOGO É ESSE:
Fecho as persianas.
Ligo o ar-condicionado no máximo.
Preparo remédios felizes na mão.
Coloco na língua.
Viro H_2O. Afunde suas preocupações!
Faço uma dancinha feliz no chão do banheiro.
Vou para o quarto e salto na cama.
Embalo o corpo grande, no comando dentro das cobertas.
Espero.
Canto uma música para mim mesma:
Deitada na cama/desejando morrer.
Refrão.
Deitada na cama/desejando morrer.
Fazer o sonho pegar no tranco antes que a comichão realmente comece é totalmente permitido.

É um casamento no jardim, verão, quarenta graus sem umidade! Bex e Jamal estão parados na frente de um padre, sob uma grade coberta de madressilva, Niecy ao lado deles, como dama de honra. A noiva diz seus votos. O noivo começa a declarar os seus e aí... ele se vira para a Dama de Honra número 8.

— Miles, é você! Só você! Pode me perdoar por não ter percebido isso antes? Minha querida, Miles. Vivaaaaaaaaaaaa por mim, baby!

A noiva também se vira para a Dama de Honra número 8.

— Ele está certo, 8 Mile. Pode me perdoar por viver essa mentira quando o tempo todo este deveria ser seu sonho?

A Dama de Honra acrescenta:

— Miles, vou fazer tranças em seu cabelo na casa de hóspedes agora mesmo e podemos voltar e ter um casamento de verdade! Você e meu irmão. Nós! Somos! Família!

Não, não, não. Essa fantasia está cansativa, precisa descansar. O sonho custa *sim* alguma coisa; o sonhador acaba acordando.

Sonho novo.

Recomeçar.

É uma festa na casa da árvore, verão quente quente quente com vapor subindo através da madressilva murcha lá fora, duas primas-irmãs lá dentro. A tristeza as engoliu. Elas fizeram um pacto para escapar da tristeza juntas. Engoli-la.

— Você acha... que depois... vamos poder ver aqueles que deixamos para trás? —pergunta a garota pesada para a menina leve.

— Não — responde a leve de corpo, mas pesada de mente. — Não vamos poder vê-los sofrer. Vamos ter evaporado. Bem assim. O que eles sentem não vai importar se formos nada.

A garota pesada não consegue acreditar que a garota leve possa desprezar tão casualmente aqueles que vão ficar para trás. Certamente deve haver mais discussão. Mas a garota leve está pronta. É agora ou nunca. A garota leve levanta a bela mão para brindar a seu final, mas a garota pesada de corpo, mas talvez mais leve de mente, hesita.

— Não tenho certeza.

Porque... sério, se os mortos não podem testemunhar o luto dos sobreviventes que, apesar de os ferirem às vezes, sempre lutaram por eles, qual é o sentido em fazer um ato desses? Isso é um erro. *Palavras.* Elas precisam dividir palavras, não comprimidos. A garota hesitante joga um pedaço de corda pelo jardim do topo de uma casa da árvore... uma linha da vida. Ela precisa tirá-las de lá. FORA! Agora! *Por favor!* Pânicopânicopânico. Ela não pode interromper isso. É tarde demais.

É um jogo estranho desta vez. Alguém não está jogando direito.

O que aconteceu com o sonho? Só vazio.

Cadê a comichão? Cadê a flutuação?

Volte para o começo.

Leia as regras do jogo cuidadosamente. Como eu suspeitava — as regras não dizem nada sobre frio/suor/náusea/respiração leeeeeeeeeeeeeeenta. Infração nas regras!

Claramente é hora de chamar um árbitro. Esse jogo não está indo bem.

Mas chamar a linha da vida é difícil quando a anestesia torna o movimento quase impossível. Bad trip.

As regras devem ser reescritas.

Visitantes

O sonho está morto.

Eu não.

Bex salvou minha vida.

Agora estamos presas uma à outra para sempre. Acho que funciona assim.

Antes de eu me resignar a esse destino, vou precisar de algumas respostas.

— Por que me apelidou de "8 Mile"? — pergunto a ela. Ela está sentada em uma cadeira ao lado de minha cama de hospital, olhando uma revista.

Ela levanta o olhar das páginas.

— Está acordada. Não percebi. O que você disse?

— Eu disse: "Por que me apelidou de 8 Mile"?

A expressão em seu rosto se altera de cansada para incrédula.

— Você acorda em uma cama de hospital depois de uma overdose e esse é seu primeiro pensamento?

— Sim.

Na verdade, meu primeiro pensamento ao ficar consciente, ao sentir a pulseira plástica de hospital no pulso e olhar o quarto estéril foi *isto não parece nada com os livros ou filmes*. No mundo da fantasia, a heroína acorda cercada por amados e precocemente pergunta: "O que aconteceu? Não me lembro de nada". Geralmente ela tem uma bela faixa no cabelo e rosas na cama.

Meu cabelo está um ninho de mafagafos, tem cheiro de vômito, e ninguém me mandou flores.

Não há um único momento de que não me lembre. Lembro de minha ganância com a contagem de comprimidos; foi só gula, não era para fazer uma cena. Lembro-me da recompensa pela gula: pânico e náusea, aliados a uma completa falta de habilidade para agir quanto a ambas. Lembro-me do suor escorrendo pela minha pele apesar de tremer de frio por dentro, lembro-me de meu coração que não queria bater. Lembro-me de não ser capaz de ficar de pé para atender à campainha. Lembro-me de ficar surpresa ao ver Bex de pé a minha frente, ligando para a emergência; lembro-me de ficar ainda mais surpresa de não conseguir me lembrar que foi para ela que eu consegui ligar e dizer apenas "por favor, me ajude".

Eu devia escrever essa parte. Posso esquecê-la com o tempo. Ou revisar para mudar os personagens principais.

— O QUE VOCÊ TOMOU? O QUE VOCÊ TOMOU?

— Lembro-me de tentar dizer a eles, mas não acreditavam em mim. Nunca vou me esquecer do terror quando os médicos enfiaram um tubo dentro de meu nariz e desceram até o estômago. Nunca, nunca vou esquecer do engasgo por conta do tubo, como uma língua opressora no fundo da garganta, só que um milhão de vezes pior. Vou sempre me lembrar de tentar empurrar os médicos para longe, xingando-os de torturadores, enquanto em silêncio eu os agradecia por fazer o trabalho por mim — me permitir viver. Vou sempre me lembrar do escuro do carvão que eles usaram para encher meu estômago. O carvão ficou em todo o meu rosto, suas mãos, minhas roupas, suas roupas. Essa escuridão me trouxe de um pesadelo para a luz da manhã.

Eu estou viva, mas a escuridão persiste. Ainda está manchada em minhas mãos, em meu avental do hospital, no cobertor do hospital. Está provavelmente em meu rosto também; pelo menos ainda é visível no rosto de Bex.

— Você é sinceramente a pessoa mais confusa que já conheci — diz Bex.

— Estou lisonjeada — retruco. — Mas realmente não gosto daquele nome.

Ela fecha a revista num estrondo.

— Apelidei você de "8 Mile" porque você é esperta com as palavras, como uma rapper. Era para ser tipo um jogo de palavras.

— O jogo de palavras também pode significar "gorda".

— Bem, não foi minha intenção. Por que você sempre pensa o pior das pessoas? — Seu rosto, sujo com marcas de carvão na bochecha e na sobrancelha direita, olha para mim ainda mais incrédulo. — Você não espera mesmo que eu peça desculpas, espera?

— Seria legal — falo.

Ela me olha como se quisesse me bater.

— Desculpe. Satisfeita?

Satisfeita.

— Desculpe também — digo. E: — Obrigada.

Essa parte é bacana. O diálogo é como um filme.

Psicólogo:

— Está tentando se matar?

Eu:

— Não. Acho que o mundo é bem enfadonho e não acho necessariamente que há muita razão para viver. Mas também não quero morrer. — Não necessariamente acreditava nessas palavras até me ouvir dizendo-as. *Não quero morrer.*

A psiquiatra de plantão está aqui para determinar meu destino imediato — se vou ser liberada do hospital ou mandada para uma ala psiquiátrica. Suas perguntas, nosso diálogo, devem diagnosticar meu nível de "propensão ao suicídio". Já li sobre isso em livros. Só que agora sou a menina do conto de fadas, uma princesa 8 Mile com marcas pretas e o cheiro de lixo humano maculando a pele.

Psiquiatra:

— Você tem acesso a um revólver ou outras armas de fogo?

Eu:

— Não. *Mas quando D.C. se tornar um estado e eu um xerife, vou fazer o NRA* correr da cidade.*

Psiquiatra:

---

* NRA: National Rifle Association — associação que luta pelos direitos do cidadão pela posse de armas.

— Você planeja se matar?

Eu:

— Não. Não conseguiria passar por isso de novo. Meu único planejamento é não me colocar aqui de novo.

Psiquiatra:

— É um bom plano. — Ela faz algumas anotações em minha ficha e se levanta para sair. — Vou voltar mais tarde para falar com você e sua família sobre um tratamento de longo prazo depois que assinar seu formulário de alta. Você pode ir para casa esta tarde. Mas seu trabalho está apenas começando. Isto é, se você não quiser mesmo voltar para cá assim. Alguma pergunta por enquanto?

Tantas, tantas perguntas.

Mas há só uma que quero que ela responda. Perguntar diretamente aos que se importam, que já sabem a resposta, seria doloroso demais para eles.

— Sabe como ela morreu?

Quando a psiquiatra veio, me disse que já tinha consultado o psiquiatra de Laura e que ela tinha consciência da "situação" de outra garota que foi trazida a esse mesmo hospital alguns meses antes, só que morta.

— Quer mesmo saber?

Eu *sei*. Laura engoliu uns comprimidos e deslizou para um longo sono cheio de sonhos, como uma boa e linda princesa.

Mas talvez haja mais na história.

Eu concordo.

A psiquiatra diz:

— Laura morreu engasgada no próprio vômito. É assim que pessoas que tentam cometer suicídio com comprimidos geralmente morrem. Não por causa do Valium, como Laura tentou, mas do corpo tentando reagir à ingestão. É comum nessas situações que o conteúdo do estômago venha ao fundo da garganta, mas que o corpo esteja sedado a ponto de o vômito deslizar para os pulmões. É o engasgo dessas secreções nos pulmões que causa a morte. O suicida acha que escolheu um fim tranquilo. Na verdade, escolheu um fim especialmente terrível. Vi o relatório da autópsia de Laura. O caso dela não foi uma exceção.

É como se Buddy estivesse empolgado de me ver aqui. Ele parece mais exultante que enfezado, e não se importa em simular um tom severo na voz. Ele parece bem *pra cima!*, apesar da situação pra baixo.

— Estava esperando você chegar ao fundo do poço, menina. Tinha esperanças de que não chegasse tão fundo. Que bom que sobreviveu para contar sua história. É hora de meu plano de saúde se pagar!

Ele me passa um maço de folhetos de reabilitação para clínicas de tratamento residencial em Maryland e Virginia. O de cima é aparentemente relacionado a sua tribo. Ele diz: "Narconon". O outro panfleto promete: "Livre-se de ansiedades, culpa, depressão".

Propaganda.

— Você sabe que o Narconon é uma fachada dos Cientologistas? — pergunto a meu pai.

— Não! — responde ele, surpreso. Ele arranca o panfleto de minha mão e o joga no lixo. — Você é esperta demais para seu próprio bem. Não sei o que devo fazer com você.

— Sinto o mesmo em relação a você.

Rimos a mesma risada. Deve ser nosso único traço em comum além do vício.

— Não vou a lugar algum — diz ele. — Então se acostume comigo.

— E quanto a Mel?

— Ela foi chamada. Está tentando voltar para casa...

— Eu quero que *você* fique.

Não o estou usando apenas pelos sanduíches. Buddy escolheu estar aqui quando contava; ele *quer* estar aqui. Minha mãe não.

Provavelmente há só uma pessoa no universo a quem eu permitiria sufocar meu rosto em beijos, e essa pessoa é a diretora de minha escola.

Beijo em minha bochecha direita.

— Oh, Meu Deus, Miles.

Bicada dupla na bochecha esquerda.

— Como pôde?

Estalo, estalo, estalo na testa.

— Obrigado, Jesus. Obrigado por permitir que ela viva.

Seu grand finale é um tapinha no meu queixo.

— Se você se meter numa *dessas* de novo e não procurar minha ajuda, eu te tiro pessoalmente deste mundo.

Estico meu braço para a Dra. Turner ver minha pulseira, escrita com meu nome de paciente do Georgetown University Hospital.

— Parece que finalmente entrei numa faculdade — digo. Ela não ri.

— Adivinhe, sabichona? Você foi eleita editora do jornal da escola. Parabéns. Entre seu programa de recuperação, trabalhos de escola e o jornal, vai ficar bem ocupada neste outono. Não vai passar tanto tempo sozinha, escondendo as coisas. Esse é *meu* plano para você.

— Nossa escola não tem um jornal.

— Tem agora. Estou pensando que o primeiro número deve ser dedicado a educar os alunos sobre os problemas da situação de estado de D.C. e arrumar voluntários para a causa. Boa sorte.

Ela fala sério, mas também está escondendo algo. Não quer que eu perceba quem não está aqui.

— Onde está Jamal? — pergunto a ela.

Ela *ainda* não mentiria para mim.

— Ele está bem bravo com você, querida. Não consegui que ele viesse aqui hoje.

Ah.

— Talvez depois?

— Talvez.

Ela não parece certa disso.

Jim.

Isso é pior do que o cateter.

Já o vi sentado ao lado da cama de uma menina, soluçando.

— Não posso fazer isso de novo, Miles — diz ele, com um rosto de pedra, para a outra menina.

Eu ainda tenho uma casa?

Só preciso dizer a coisa certa. Não tenho ideia do que seja. O que ela poderia dizer para consolá-lo?

— Laura não queria ajuda. Eu quero. — Eu posso falhar. Mas vou tentar.

— Bom. — A voz parece fria. Derrotada. — Um conselheiro de uma clínica particular irá à casa de hóspedes amanhã para falar com você. — Ele também me passa um panfleto, mas é de uma clínica de tratamento local para depressão e vício, um programa de pacientes externos.

Eu não teria de ir embora. Não quero ter de abandonar D.C. Ou ele.

Quero que ele me ofereça um cigarro, algumas palavras de encorajamento, podem ser alguns M&Ms, ele podia apertar meu pescoço até; eu aceitaria *qualquer coisa* para não ver o olhar seco que seu rosto manda para mim.

Silêncio.

Eu só queria deslizar para dentro de *meu* sonho, não para o de Laura. A parte da overdose foi um acidente.

— Eu não queria fazer o que Laura fez — explico.

Só preciso de uma coisa para sair do hospital. Não é de uma casa ou de um conselheiro ou um programa.

Mais silêncio.

— Eu acredito em você — diz Jim.

Era do que eu precisava.

O Ritual do Último Cigarro

ERA UMA VEZ, UMA JOVEM DE ROSTO LIMPO QUE ACABOU de enganar a morte tendo seu estômago lavado com carvão para tirar as toxinas auto-administradas e ilegalmente obtidas, e que festejou seu aniversário de 18 anos com uma pequena festa no jardim luxuoso de uma bela-triste propriedade em Georgetown.

No que ela esperava ser o ato final de sua dependência química (além de largar a nicotina e o açúcar — ela imaginou que esses seriam os Passos 13 e 14, e se preocupava com os passos de 1 a 12 por enquanto), a garota do aniversário havia transformado sua aparência. Não, ela não tinha perdido vinte quilos milagrosamente ou sacrificado suas roupas pretas, nem mesmo tirado aquele piercing do lábio que cortava suas poucas tentativas de sorrir. Ela simplesmente voltou às raízes.

— Você fica melhor loira — disse Niecy, sua colorista. Niecy também estava no papel coadjuvante de Segunda Melhor Amiga até que o irmão de Niecy, o garoto que se mudara para Nova York e não viria à festa de aniversário, perdoasse a aniversariante. Era uma troca boa o bastante, por enquanto. — Posso fazer chapinha também? Deixe-me alisá-lo para mostrar essa cor iluminada.

— Não — respondeu Miles, a loira explosiva. Ela enfiou as mãos no cabelo cacheado para encaracolá-lo ao volume máximo. — Grande é o novo belo.

— Jamal te mandou uma coisa de Giant — disse Niecy.

Miles não precisa perguntar o que o garoto mandou em seu lugar. Sua boca já sentia o gosto. Quem mais além dele saberia que ela não iria querer um bolo chique de uma confeitaria chique de Georgetown, mas sim seu favorito — o bolo em camadas do mercado, com o palhaço psicótico enfiado no meio?

— Esses bolos são doces de doer — reclamou Niecy. — Vou comer dois pedaços.

— Você diz uma coisa a ele por mim? — pediu Miles.

— Ele vai vir, Miles. Conhece meu irmão. Não consegue permanecer bravo com uma menina.

— Tudo bem. Não precisa tentar me fazer sentir melhor. Provavelmente é melhor para nós ficarmos separados um pouco. Ele tem uma nova vida para começar sem que eu o leve para baixo, eu em minha empolgante nova vida de tratamento para dependência e seguir meu pai nos encontros do AA. Mas por favor, pode dar esta mensagem a Jamal? Diga a ele: eu já sei a letra. Só preciso aprender a batida. Essa branquela sem ouvido musical vai tentar fazer música da recuperação.

Ela falava sério. Não sabia se iria sobreviver. Seu estômago foi limpo e seu corpo livre — vivo — do hospital, e ainda assim, a vontade tem a audácia de se reestabelecer. Ela acha estranho se sentir tão aliviada por não ter mais de escondê-la. Reconhecê-la. Ela torcia para que Jamal a achasse forte o suficiente para passar por isso. Ela quer isso para si também.

— Vou dizer a ele — assegura Niecy. — É uma boa mensagem. Acha que pode reformulá-la para rimar? Ele gostaria disso. Agora saia dessa casa de hóspedes. Há uma festa esperando por você lá fora. Hoje é o dia de ser Miles.

Não que uma garota difícil, que pode contar todos os seus amigos em uma das mãos, tenha uma grande reunião a esperando para uma festa no jardim. Ela tinha uma Niecy, uma Dra. Turner, uma Bex, um Buddy, um bolo do mercado Giant, alguns sanduíches de queijo... e um senhor fumando em um banco sob uma casa de árvore.

Ela sabia onde encontrá-lo.

— Temos de parar de nos encontrar assim — disse a ele. Ela estava muito, muito cansada; mas nunca cansada demais para ele.

Ele levantou o olhar e engasgou ao tragar.

— Seu cabelo! — exclamou ele. Ela podia ver o reconhecimento em seus olhos, mas ele não falou: *Você parece nossa amada menina que se foi.*

Ela se sentou no banco a seu lado. Ela esqueceu de trazer seu maço de cigarros para fora; essa vontade ela não estava de forma alguma pronta para sacrificar. Mas ela teria de esperar a oferta.

O que ele ofereceu foi isso:

— Você e eu temos uma hora no departamento de trânsito amanhã.

— Mas não quero dirigir — rebateu ela.

— Ninguém disse que você precisa dirigir. Mas precisa tirar uma carteira de identidade de D.C. — Ela começou a reclamar, mas ele a parou. — Não, não preciso ouvir o discurso da escravidão de D.C. Não leva a lugar algum. Você precisa poder se registrar para votar.

— Por que me preocupar? Meu voto não conta em nada.

Ele balança a cabeça, frustrado.

— Meu Deus, Miles...

— Acredita em Deus? — Ela o interrompe. Aquele todo-poderoso e onisciente Ele parece ser mais digno de debate que a impotente D.C.

— Você se surpreenderia em saber, mas acredito.

— Bem, de acordo com uma perturbadora percentagem de fundamentalistas votantes neste país, Ele não acredita em você. Então não sei por que deveria me registrar para votar quando meu voto por D.C. não significa nada contra seus votos legítimos.

— Pense assim: duvido que algum dia eu faça esses fundamentalistas me aceitarem ou as minhas escolhas. Mas, ao mesmo tempo, posso subvertê-los em cada oportunidade possível. Posso brigar. Posso fundar uma escola para garotos homossexuais. Posso ficar amigo de políticos influentes. E posso seguir minha pauta às custas desses votantes também. Todos esses aspiradores de pó com o nome de minha família, comprados por consumidores religiosos da Bible Belt* dão

---

* Bible Belt: região no sudeste dos Estados Unidos de intensa religião protestante evangélica.

dinheiro para minhas causas. Há esperança. E se você não tem esperança, o que você tem?

Ele tornou a esperança possível para ela.

— Não acredito em Deus, mas, se acreditasse, esperaria que Ele aprovasse nossos métodos subversivos. E vou fazer isso. Me registrar para votar. Mas não porque acredito que meu voto vai contar, e sim porque você me pediu — explicou ela.

— Obrigado. Eu aceito. — Ele apaga o cigarro no cinzeiro que tira de baixo do banco para colocar entre nós. — Acredita em alguma coisa, minha querida?

— Sim. Em você.

Ele ri.

— É oficial! Você ficou tão meiga quanto sua cor de cabelo. Obviamente é hora de eu sair de cena.

Isso não pode estar acontecendo.

— Sério? — disse ela, quase em silêncio. O chão parece tão firme abaixo dele. Ele não poderia arrancar isso de baixo dela. Não agora.

— Sério — repete ele. — Está na hora. Se posso vê-la se registrando para votar, você pode me ver pegando um trem na Union Station amanhã. Preciso de uma longa viagem.

— Para onde vai?

— Não sei. Key West? Vancouver? Provavelmente Provincetown é o mais longe que posso chegar. Mudar de ares vai fazer bem para este coração partido.

— Você vai voltar?

— Em breve.

— Quão breve?

— Bem em breve.

Era como se o mundo tivesse escurecido para ela e imediatamente depois se aberto novamente — com a esperança de seu bem breve retorno.

Ela tinha uma última pergunta. Era a mais importante.

— Mas quem vai fumar comigo?

Ele tirou dois cigarros e um isqueiro do bolso da camisa. Passou um cigarro para ela.

— Não saberia dizer — respondeu. — Este é meu último cigarro. Juro. Claro, tenho de compartilhar o ritual do último cigarro com você. É uma tradição de amigos fumantes. Mas, depois deste, o vício é seu para arruinar a própria saúde. Conhece as consequências. Não posso te ajudar nesse departamento.

Ele deu uma tragada no último cigarro enquanto ela colocava o não último na boca. Ela esperou que ele passasse o isqueiro a ela.

Em vez disso, ele se inclinou.

E acendeu.

Este livro foi composto na tipologia Minion Pro,
em corpo 11,5/16,6, e impresso em papel off-white,
no Sistema Cameron da Divisão Gráfica
da Distribuidora Record.